DAN ALPAC

LE ROYAUME MAUDIT

1er épisode

W0243309

Castor Poche Flammarion

Rankor

Arcanie

Fodor

U'Rias

Lumina

Ninyo

Ninya

Le royaume maudit est le premier épisode de la série *Lumina.*

Retrouvez Lumina dans :

L'épée de feu, 2e épisode
Le chevalier masqué, 3e épisode
Le désert ensorcelé, 4e épisode
Le seigneur des gladiateurs, 5e épisode
Les araignées d'Arcanie, 6e épisode
L'alliance noire, 7e épisode
Le jumeau des ombres, 8e épisode
La forteresse des ténèbres, 9e épisode
Le vol du tigre, 10e épisode
Les guerriers de la foudre, 11e épisode
La vengeance des deux soleils, 12e épisode

I. Le cauchemar

C'était comme si une étrange langueur envahissait ses membres un à un. Chaque geste devenait de plus en plus pénible. Elle essaya de résister, d'obliger ses muscles à réagir… en vain ! L'extrême lassitude gagnait tout son corps sans qu'elle puisse s'y opposer. Elle crut percevoir une ombre noire menaçante derrière elle. D'un sursaut, elle réussit à se tourner vers l'inquiétante apparition. Mais la créature sombre avait disparu. La situation ne s'améliorait pas pour autant. Lumina était comme une mouche qui se débat dans une toile d'araignée. Son soubresaut n'avait réussi qu'à resserrer les liens invisibles qui la paralysaient. Maintenant qu'elle était complètement immobilisée, l'ombre noire surgit à nouveau de sa cachette.

« Laisse-toi aller… Ne résiste pas, ouvre ton

esprit, Damoiselle…, disait une voix dans sa tête. Tu es des nôtres…»

— Réveillez-vous, Damoiselle, c'est le grand jour ! Réveillez-vous !

Lumina ouvrit les yeux. Randha, sa femme de chambre, poussa un hurlement avec un violent mouvement de recul.

— Vos yeux, Damoiselle ! Vos yeux…

Lumina fit un effort pour faire jouer ses muscles engourdis. Son corps endolori mit quelques instants avant de réagir. Elle eut toutes les peines du monde à essuyer son front baigné de sueur. Bientôt le malaise se dissipa et elle put s'asseoir sur son lit normalement. Elle cligna des paupières deux ou trois fois et dit :

— Quoi, Randha, qu'est-ce qu'ils ont mes yeux?

La jeune servante s'était rapprochée et observait sa maîtresse avec prudence. Mais le regard de Lumina était redevenu normal. Il n'y avait plus de traces de ce feu intérieur qu'elle avait vu un instant brûler dans les prunelles de la jeune fille.

— Quelle peur vous m'avez faite, Damoiselle ! Vos yeux brillaient comme des flammes.

— J'ai fait un horrible cauchemar ! confia

Lumina à sa servante. C'est sans doute ce que tu as vu.

La dame de compagnie ne fut peut-être pas convaincue mais elle ouvrait déjà les volets pour faire entrer le soleil.

— Oubliez ce mauvais rêve, Damoiselle, dit-elle. Il faut vous préparer. Ce jour sera le plus beau de votre vie. À partir de midi, plus personne ne vous appellera Damoiselle… Vous serez officiellement la Princesse Lumina, l'héritière du Trône !

Troublée par son cauchemar, la jeune fille avait presque oublié les réjouissances prévues pour son quinzième anniversaire et son accession au rang de Princesse du Royaume. Elle sauta du lit.

— Vite, Randha, prépare mes vêtements pour la battue. Je prends mon bain.

Les festivités commençaient par une chasse aux dragors. Deux de ces monstres étaient descendus de la montagne et avaient attaqué les animaux d'élevage de fermes avoisinantes.

Lumina fit sa toilette et s'habilla pendant que Randha lui préparait un copieux petit déjeuner. À peine avait-elle terminé que Krilen, son père, entra.

Le Roi était un homme d'âge mûr, mais ce qu'on remarquait tout de suite, c'était sa prestance. Sans être imposant, il était d'une bonne taille et avait un port de tête majestueux. Il émanait de lui une sorte d'autorité naturelle faite de bonté et de sagesse qui donnait envie de lui obéir. Une barbe grisonnante et un caractère jovial complétaient le portrait de ce monarque aimé de tous.

— Ma petite Princesse est superbe ce matin ! lança-t-il avant d'embrasser sa fille.

Il est vrai qu'avec sa ravissante frimousse auréolée de cheveux blond doré, ses yeux noirs comme le jais et son sourire irrésistible, elle n'avait rien à envier aux plus jolies filles du Royaume.

— Pour l'instant, je ne suis encore que Damoiselle, le taquina-t-elle.

— Allons, tu sais très bien que tu as toujours été ma Princesse. Le reste n'est qu'une question de protocole. Hélas ! justement, côté protocole, aujourd'hui, nous allons être servis, soupira le Roi qui n'avait jamais vraiment apprécié tout le décorum de la Cour.

— Allons, Père, ironisa Lumina, ce n'est qu'un mauvais moment à passer.

Ils sortirent de la chambre bras dessus, bras dessous en riant.

Quelques instants plus tard, tous les châtelains, échevins, baillis, et alcades du royaume mirent genou à terre quand le père et la fille descendirent les marches du perron de la demeure royale. Chacun avait revêtu son costume d'apparat ; le tout formait une foule bariolée aux couleurs des différentes provinces du Royaume des Mille Collines.

Le cortège se forma derrière Lumina et Krilen jusqu'aux écuries royales. Des chevaux avaient été préparés à l'intention des invités. Dès qu'ils aperçurent le Roi, deux palefreniers sortirent Ty'Yu, la grande Licorne. La bête était superbe, d'un blanc immaculé. Sur le front, elle arborait fièrement la corne qui faisait d'elle un animal unique sur le continent. Des années auparavant, Krilen s'était lui-même embarqué, à la tête d'une expédition, vers les Terres Inconnues. Il en avait ramené cet animal de légende au Royaume des Mille Collines. Il était le seul à pouvoir le monter.

Au son des fifres et des tambourins, la petite troupe se mit en marche. Lumina chevauchait son fougueux alezan aux côtés de son père. La traversée de Swarvill, la capitale, se fit sous les hourras et les acclamations d'une foule en liesse venue fêter le sacre de sa Princesse.

La route se transforma en chemin, puis en

sentier ; ensuite les champs firent place à une lande inculte où chacun accéléra. La chasse aux dragors était lancée. Ces bêtes, féroces et dangereuses, ne se contentaient pas de tuer pour manger, elles pouvaient faire d'énormes dégâts parmi des animaux sans défense et parfois même s'attaquaient aux hommes.

Bientôt la trompe du Capitaine des Gardes Royaux signala que les animaux étaient repérés. L'appel du Capitaine Wilem provenait d'un bosquet tout proche.

— Ils sont à nous ! s'écria Krilen. Allons-y Lumina, tu as dit que tu partagerais avec moi désormais ; j'en prends un, tu prends l'autre !

Lumina sourit. Aujourd'hui était vraiment un jour spécial car jamais auparavant son père ne l'avait autorisée à la mise à mort de la malfaisante créature.

— À tout à l'heure, Père, déclara-t-elle en continuant son chemin à travers la lande devant un groupe de Gardes qui la protégerait si nécessaire.

Quelques instants plus tard, elle atteignit un promontoire qui lui offrit une vue d'ensemble sur Swarvill. La cité occupait une vaste étendue le long du fleuve Swar. C'était une ville prospère, à l'image du royaume. Krilen avait eu la sagesse d'utiliser l'impôt royal pour construire des routes, des écoles, des ponts et gérer une administration intègre. Maintenant qu'elle était Princesse, Lumina avait bien l'intention d'aider son père à persévérer dans cette voie de prospérité des Mille Collines.

— Le dragor ! cria un homme dans son dos.

Lumina fit demi-tour. L'animal était en effet tapi dans un bosquet d'épineux. On pouvait apercevoir la couronne déployée de chair translucide qui entourait sa gueule aux crocs acérés. C'était là qu'il fallait frapper. Le seul point faible de la bête était ses ouïes derrière cette masse de chair.

Lumina sortit sa fronde. Elle ajusta une pierre ronde de bon calibre dans la poche de cuir et fit tournoyer son bras. Les hommes de la Garde la regardaient faire. Ils savaient combien leur future Princesse était adroite avec toutes les armes qu'on autorisait aux filles. Bien sûr, il n'était pas question pour une femme de manier le fer : ni poignard ni épée ne viendraient jamais battre le côté d'un corps féminin. Seuls frondes, lassos, filets et fouets étaient autorisés pour la Princesse.

Le coup partit. Dans le bosquet le dragor poussa un hurlement, tournoya un instant sur ses pattes griffues puis s'effondra, blessé à mort.

Les Gardes poussèrent des vivats pour féliciter la jeune fille. Celle-ci approchait fièrement de sa proie sur sa monture lorsque le son de la trompe du Capitaine Wilem retentit. Lumina tendit l'oreille... trois fois ! C'était un mauvais chiffre, il était arrivé un accident ! Elle éperonna son alezan qui partit au galop. Le signal retentit encore avant qu'elle n'arrive jusqu'aux arbres d'où venait l'appel. Sans ralentir sa monture, elle s'enfonça dans le taillis et parvint bientôt dans une clairière, au beau milieu d'une futaie de chênes. Adossé à un arbre, Krilen gisait au sol, visage blême, les yeux clos. Une tache rouge ensanglantait son pourpoint. Le Capitaine des Gardes était penché sur le Roi. Il se releva en voyant arriver Lumina. La jeune fille sauta de cheval et se précipita vers son père. Wilem essaya de la retenir en vain.

— Il est trop tard, Damoiselle, lança-t-il. Le Roi a trépassé !

Lumina poussa un cri de douleur qui déchira le cœur de tous ceux qui l'entendirent. Sanglotant sur le corps de son père, la jeune fille ne vit pas un énorme nuage noir cacher le soleil. La chênaie fut soudain plongée dans l'ombre comme si la nature se mettait elle aussi en deuil de son souverain.

2. La Mère-Sorcière

Il fallut quatre hommes pour arracher Lumina à la dépouille de son père et quatre autres pour soulever le corps et le poser sur un brancard improvisé. Quelques instants plus tard, les participants à la chasse envahirent la clairière. Beaucoup tombèrent à genoux et entrèrent en prière en découvrant le malheur qui frappait le royaume.

Soudain, il y eut un bruit de sabots et la grande Licorne apparut dans la clairière. Elle hennit en se cabrant. Elle réussit à se débarrasser des deux palefreniers qui voulaient l'attraper. Le vide se fit autour de Ty'Yu.

— Retenez-la, ordonna le Capitaine Wilem furieux. Cette créature est dangereuse… C'est elle qui a tué le Roi ! Regardez, le sang de notre souverain bien-aimé souille encore sa corne… déclara-t-il en tirant son épée. Il faut que justice soit faite ! poursuivit-il en levant son arme.

À ces mots, Lumina se redressa.

— Arrêtez ! fit-elle d'une voix autoritaire. Si quelqu'un doit faire justice, je jure sur ma vie que ce sera moi ! Écartez-vous ! ordonna-t-elle sèchement.

L'officier lui jeta un regard incrédule, puis, sans même chercher à la raisonner, il obéit, faisant deux pas de côté. La Princesse et la Licorne se firent face. Cette dernière se cabra de nouveau. Le spectacle était impressionnant ; Ty'Yu mesurait une demi-taille de plus qu'un cheval. Quand elle retomba, Lumina chercha le regard de la bête :

— Est-ce toi… Est-ce toi qui as tué ton maître ? demanda la jeune fille.

La Licorne avança sur la Princesse. La pointe de la corne ensanglantée frôla la poitrine de la jeune fille. Dans la clairière, tout le monde retint son souffle. Mais l'animal se détourna de Lumina et baissa la tête vers Krilen en un dernier salut à celui qu'elle vénérait. La Princesse et la Licorne restèrent un long moment immobiles, côte à côte, dans ce dernier hommage.

Lorsque Ty'Yu releva la tête, sa bride vint tout naturellement se poser dans la main de Lumina.

— J'interdis que l'on touche à cet animal ! lança-t-elle. Ramenez le corps du Roi au château. Qu'on me laisse à mon chagrin.

Puis elle enfourcha son alezan et partit au galop sur la lande, entraînant la Licorne par la bride. Les larmes sur ses joues avaient le goût le plus amer qu'elle ait jamais connu.

***

Dès la mort de Krilen, Rankor avait pris le royaume en main.

Rankor était le demi-frère du Roi et l'un de ses proches conseillers. L'homme était presque aussi grand que Krilen, mais là s'arrêtait leur ressemblance. Autant le souverain avait un caractère enjoué et un tempérament généreux, autant le second était froid et calculateur. Il portait toujours de riches vêtements et semblait prendre plaisir à humilier les serviteurs.

Rankor avait tout de suite annulé les festivités pour l'anniversaire de Lumina. Il avait proposé à la jeune fille de s'occuper de l'organisation des funérailles royales. Ce qu'elle avait accepté, soulagée d'être libre ainsi de s'abandonner à sa douleur.

On avait prié les invités de rester pour les funérailles du Roi. Depuis trois jours, Krilen reposait dans la chapelle du château où le peuple défilait en silence sans interruption. Lumina s'était enfermée dans ses appartements. Seule Randha avait été autorisée à la suivre, et, depuis, elle surveillait la Princesse d'un œil inquiet, tout en faisant semblant de broder. La jeune fille passait des heures accoudée à la fenêtre sans dire un mot. Elle avait conscience que sa vie venait de basculer. Elle savait que ce changement serait radical, sans pouvoir imaginer l'avenir sans son père.

Pour la seconde fois de sa courte vie, elle venait de perdre l'être qu'elle aimait le plus au monde. Cinq ans plus tôt, la mort de sa mère, la Reine Caari, avait été pour elle un choc terrible. Non seulement Lumina avait perdu sa mère, mais, avec elle, disparaissait son frère, le petit prince qu'elle aurait dû mettre au monde. L'enfant était mort-né et la mère n'avait pas survécu. Le Roi, encore plus durement éprouvé que sa fille, avait failli sombrer dans la folie et, sans elle, le désespoir aurait eu raison du souverain. À eux deux, ils avaient pourtant surmonté leur douleur et leur chagrin et, depuis ces tristes journées, l'affection qu'ils ressentaient l'un pour l'autre en avait été renforcée. Pas un jour ne se passait sans qu'ils ne se voient et parlent des heures durant.

Un mouvement furtif attira l'attention de Lumina, la sortant de sa méditation. En bas, dans la cour du château, une silhouette vêtue d'une grande cape noire hâtait le pas en cherchant à se dissimuler. Aussitôt le cauchemar de la nuit précédant le drame revint à la mémoire de la jeune fille. La créature sombre qui l'avait paralysée et qui voulait l'attirer, la prendre sous son emprise était là, sous ses yeux... S'il s'agissait d'une coïncidence, elle était de taille!... Trois autres silhouettes noires, plus menues, suivaient la première. Lumina était stupéfaite. Le doute n'était pas permis : bravant l'interdit du défunt Roi, la Mère-Sorcière Arcanie et ses Nécromantes étaient de retour au Palais des Mille Collines... Dans le château même d'où elles avaient été chassées cinq ans auparavant!

— Les Maudites! murmura une voix dans le dos de la Princesse.

— Tais-toi, Randha, tu ne sais pas ce que tu dis!

— Par Dieu, Damoiselle, je parle vrai. Nul n'a oublié que le Roi a maudit la Mère Supérieure et toutes ses donzelles du Diable quand elles n'ont pas su sauver de la mort notre bonne Reine et notre regretté Petit Prince. Que viennent-elles faire ici, ces charognardes ?

La jeune servante fit mine de cracher au sol. Lumina lui jeta un regard furieux et, d'un signe, la renvoya à son ouvrage. Matée, la jeune fille recula dans l'ombre. Lumina revint à sa contemplation de la cour maintenant déserte. Tous les gens du peuple pensaient comme la petite femme de chambre. Les Nécromantes qu'on croyait si puissantes à dompter les forces du mal, elles qu'on pensait capables de soigner grâce à leurs étranges pouvoirs, n'avaient pas su ou pas voulu garder la jeune et jolie Reine au Royaume des Mille Collines.

Toute allusion à cette période déclenchait chez Lumina un immense sentiment de malaise. Car le peuple ignorait que la jeune Princesse gardait un lourd secret au fond d'elle-même. Sa mère, la Reine Caari, avait fait partie de l'Ordre des Nécromantes dans sa jeunesse !

3. Le complot

La vue de la Mère-Sorcière avait jeté le trouble dans l'esprit de Lumina. Elle ne pouvait s'empêcher de faire le rapprochement entre la mort de son père et la présence des Nécromantes… Jamais, le Roi vivant, elles n'auraient osé s'approcher de Swarvill. Krilen n'était mort que depuis trois jours et déjà elles déambulaient dans le château comme en pays conquis ! Il fallait tirer cette affaire au clair. Elle résolut d'alerter Rankor.

Bien que leurs rapports fussent plutôt distants, elle n'avait jamais eu à se plaindre du demi-frère de son père. Son caractère renfermé et le temps qu'il passait à administrer le royaume avec le Roi ne facilitaient certes pas le contact.

Mais maintenant que Krilen n'était plus là, Lumina pensait bien pouvoir mettre à contribution son expérience pour l'aider à gouverner.

Soucieuse, la Princesse se dirigea vers le bureau de Rankor. Devant sa porte, elle eut la surprise de trouver un mercenaire de la Légion au lieu de l'habituel Garde Royal. L'homme l'informa que le Chancelier travaillait dans la Loge royale. Lumina fronça les sourcils : cette pièce était exclusivement réservée au monarque et nul ne devait y pénétrer hors sa présence. Elle se hâta donc vers la Loge royale, ne sachant trop que penser de l'initiative de Rankor.

À une croisée de couloirs, elle se plaqua soudain contre le mur, le visage blême, le cœur battant ! Une femme, toute de noir vêtue, venait de traverser le couloir devant elle, sans la voir… Arcanie ! Même si elle ne l'avait pas vue depuis cinq ans, Lumina aurait reconnu cette démarche entre mille. C'était celle qu'elle avait aperçue dans la cour du château. La Mère-Sorcière !

La jeune fille se glissa silencieusement jusqu'à l'angle du couloir et risqua un regard dans la direction où venait de disparaître la sombre silhouette… juste à temps pour la voir pénétrer dans la Loge royale !

Ainsi elle venait rendre visite à Rankor !

Lumina sentit monter en elle un sentiment de colère et de révolte ! Sa première idée fut de se précipiter à sa suite, afin d'obtenir des éclaircissements du Chancelier.

Mais elle abandonna bien vite ce projet, cette rencontre méritait qu'elle prenne le temps de réfléchir aux événements insolites de ces dernières heures.

***

Les appartements de la Reine Caari se trouvaient exactement à l'étage au-dessus de la Loge royale. Krilen avait choisi cet emplacement afin de pouvoir communiquer avec son épouse par l'intermédiaire d'un ingénieux dispositif acoustique reliant les deux pièces. Par jeu, Lumina avait maintes fois utilisé ce procédé pour converser avec son père. Aujourd'hui il allait servir à tout autre chose. La Princesse appuya sur le mécanisme secret qui dégagea l'orifice du Puits des Murmures.

— … devait être sous votre contrôle ce matin et n'aurait pas dû participer à la chasse, entendit-elle. Si elle avait accompagné son père dans le bosquet… Heureusement qu'elle est partie chasser de son côté. Votre échec a failli faire rater notre entreprise !

— Je n'ai pas échoué, gronda une voix grave de femme. Je suis entrée en contact avec son esprit. Mais il est vrai que cette petite me donne du fil à retordre. Cela fait cinq années que nous n'avions eu de lien avec elle et même sans notre enseignement, elle est devenue forte, très forte... Il nous faudra certainement quelques jours pour la placer sous notre influence. Mais maintenant que vous avez éliminé le Roi, nous ne sommes plus aussi pressées par le temps...

Dans la chambre de la Reine, un étage au-dessus, Lumina se mordit les lèvres pour s'empêcher de crier sa rage et son indignation aux comploteurs.

— Ne tardez pas trop à la neutraliser, reprit Rankor. Elle est très populaire dans les provinces du Royaume et fort appréciée de l'aristocratie.

— Ne vous inquiétez pas, c'est l'affaire de quelques jours. Bonsoir, Seigneur.

Lumina essayait de dompter sa colère. Elle avait besoin de tout son sang-froid pour réfléchir à ce qu'elle venait d'apprendre. Elle devait décider quelle serait son attitude et de quelle manière elle allait contrer le complot de ses ennemis. Apparemment la conspiration n'avait rien d'improvisé et ses auteurs semblaient n'avoir rien laissé au hasard. Lumina connaissait maintenant la trahison de Rankor, mais n'en avait aucune preuve. Le dénoncer aux Pairs du Royaume, c'était s'exposer à un humiliant démenti et, pire encore, les faire douter de sa propre raison. Bref, le chancelier avait tous les atouts dans son jeu et savoir qu'il avait trahi n'avantageait guère Lumina.

À cet instant, la Princesse entendit un bruit de pas provenant du Puits des Murmures. Elle se pencha à nouveau sur le système d'écoute.

— Félicitations Wilem ! lança Rankor au nouvel arrivant. Tu t'es brillamment acquitté de ta mission.

— Tout le mérite vous en revient, Seigneur. Votre plan était d'une redoutable efficacité. Je n'ai eu qu'à obéir. Le plus difficile aura été d'ensanglanter la corne de l'animal…

— Et comment t'y es-tu pris ?

— Le mercenaire qui m'accompagnait a malencontreusement fait un faux pas…, fit le Capitaine d'un ton détaché. La bête l'a encorné.

— Un faux pas, dis-tu…, reprit Rankor d'une voix cynique. Dommage. Un homme compétent… mais peu sûr, hélas ! En somme, le sang de la corne n'était même pas celui du Roi…

Cette fois, il rit franchement et ce rire vrilla les oreilles de Lumina au point qu'elle les couvrit de ses mains. Lorsqu'elle se décida à écouter à nouveau, au milieu de ses sanglots étouffés, elle entendit :

— Tu n'auras pas à regretter de m'avoir fait confiance… Les Gardes Royaux ont-ils été remplacés par les Légionnaires ?

— Vos ordres ont strictement été exécutés, Seigneur.

— Bien. Je vais encore avoir besoin de toi, Wilem… Dès que les cérémonies funéraires seront terminées, je veux que chaque châtelain des Milles Collines soit ramené dans son fief sous bonne escorte. Puis une fois sur place, j'exige qu'on installe dans chaque donjon une des Nécromantes dont Mère Arcanie te donnera les noms. Toute personne qui osera porter la main sur les Dames Noires sera immédiatement décapitée en place publique ainsi que ceux qui oseront s'opposer par les armes à mon autorité ! Va, tu as tes ordres !

Dans sa cachette, Lumina retenait sa respiration. Elle était en état de choc. La conspiration prenait une ampleur considérable.

— Wilem ! rappela Rankor.

— Seigneur ?

— Dans quelques jours, lorsque le Conseil des Pairs du Royaume m'aura nommé Régent, tu seras promu Commandant de la Légion des Mercenaires...

— Merci, Seigneur !

— Ensuite... tu t'occuperas de la Princesse, fit Rankor doucement.

Il y eut un court instant de silence.

— La Princesse..., cracha Wilem avec mépris. Elle n'a pas droit à ce titre ! Le Sacre a été annulé. Elle ne peut donc prétendre à aucun pouvoir...

— En effet..., approuva Rankor, cependant elle reste un recours pour les éventuels rebelles et je n'aime pas prendre de risques inutiles !

— Je pensais que la Mère-Sorcière tenait personnellement à se charger d'elle... en échange de son aide.

— C'est ce qu'elle croit aussi !... Mais j'ai changé d'avis, conclut Rankor d'une voix suave. La Princesse Lumina subira le même sort que son père. Ainsi, je ne serai pas Régent longtemps et je deviendrai Roi.

À ces mots, horrifiée, Lumina recula. Elle quitta en hâte les appartements de sa défunte mère et se mit à courir le long des couloirs du

Palais en direction de ses propres appartements, seul endroit où elle se sentait en sécurité.

Une main maigre gantée de noir agrippa soudain son bras par l'entrebâillement d'une porte. Arrêtée en pleine course, essoufflée, elle se retrouva entraînée dans une chambre et plaquée contre un mur. Le visage blême de la Mère-Sorcière lui ricanait au nez.

— Où cours-tu ainsi, jouvencelle ? N'as-tu pas envie de saluer ton ancienne Maîtresse ? Ou ne te souviendrais-tu plus de moi ?

Le cœur battant, la Princesse jeta dans un souffle :

— Qui oublierait la Mort ?

À ces mots, la Mère-Sorcière se mit à secouer la jeune fille jusqu'à lui frapper la tête contre le mur. Lumina n'aurait pas cru qu'un corps aussi frêle pût avoir tant de force. Mais elle était elle-même d'une solide constitution et parvint à se dégager.

— Je te materai, vermine ! gronda Arcanie. Tu étais déjà rétive à mon enseignement quand tu étais enfant.

— Je n'apprenais bien qu'avec ma mère, cria la jeune fille, mais cela ne vous plaisait pas et vous l'avez tuée !

— Crois-le si tu veux, vociféra la Dame Noire

en arpentant la pièce à longs pas. Je ne l'ai pas tuée, mais il est vrai que je n'ai rien fait pour la garder en vie. Elle n'avait pas le droit de me faire ce qu'elle m'a fait… Ma meilleure élève, ma plus brillante recrue… tomber amoureuse et vouloir donner un fils au roi… Un héritier… Elle, une Nécromante !

— Elle était une Reine ! coupa Lumina.

— Maudite soit sa mémoire ! cracha Arcanie. Elle n'avait surtout pas le droit de te faire ce qu'elle t'a fait avant de mourir : bloquer ton pouvoir ! Mais je vais te le rendre et tu deviendras le plus doux agneau de l'Ordre, ma belle, la plus douée de mes Nécromantes.

— Je n'en veux pas de votre pouvoir, hurla Lumina en se débattant comme une folle des mains qui la retenaient prisonnière. Jamais je ne serai comme vous, jamais, vous m'entendez… De toute façon votre complice Rankor veut me faire assassiner.

Sous l'effet de la surprise, la Mère-Sorcière lâcha la jeune fille.

— Que dis-tu ?

Mais Lumina ne répondit pas. Elle avait réussi à ouvrir la porte et filait comme une folle dans le couloir, tentant par tous les moyens d'échapper à ceux qui tissaient son destin.

4. Les funérailles

Tiré par trois chevaux blancs, le catafalque qui transportait le cercueil du Roi Krilen parcourait les rues de Swarvill. Les habitants de la cité s'étaient massés sur le parcours et murmuraient des prières au passage du convoi mortuaire, puis se joignaient au cortège de la foule attristée. Vers midi, le défilé s'engagea dans la rue principale de la ville.

La Princesse, Rankor et tous les hauts dignitaires du Royaume étaient installés dans une tribune sur la place centrale au milieu de laquelle un immense bûcher avait été dressé.

— Soyez courageuse, Lumina..., murmura Rankor à son oreille. Et sachez que désormais c'est à moi de veiller sur vous !

La jeune fille ne répondit pas. Depuis que des légionnaires de Rankor l'avaient rattrapée dans les couloirs et retenue prisonnière dans ses appartements, elle n'avait plus parlé. On lui avait fourni une autre servante, muette celle-ci. Randha avait disparu. Trop fidèle, Randha avait sans doute payé de sa vie son dévouement à sa Princesse ! Lumina sentait que son sort à elle aussi était scellé.

Elle avait si mal dormi cette nuit encore. Le même cauchemar l'avait plusieurs fois tourmentée. Elle s'était réveillée horrifiée en pensant que les Nécromantes tentaient de prendre possession de son esprit à travers ce rêve. Faisant appel à tout son courage, elle s'était forcée à ne penser qu'à la grande Licorne et à de merveilleuses chevauchées imaginaires à travers la lande. Car elle ne l'avait jamais montée. Malgré ses nombreuses demandes de chevaucher Ty'Yu, son père n'avait jamais cédé à ses désirs.

— Les Licornes ne supportent qu'un seul maître à la fois, avait-il encore répété quelques jours avant sa mort.

Après le décès du Roi, Lumina avait ramené la Licorne dans ses écuries. Elle était allée la voir jusqu'à ce que Rankor enferme la jeune fille dans ses appartements. La bête n'avait donné aucun signe d'agressivité. Au contraire, la présence de la jeune fille paraissait l'apaiser et Ty'Yu ne se dérobait pas à ses caresses. Lumina avait exigé que Ty'Yu soit présente lors de la crémation du Roi. Rankor avait fini par céder.

Le cortège funèbre atteignit enfin l'esplanade. Seul le catafalque pénétra dans l'espace de sécurité et vint se placer entre la tribune et le bûcher.

— Quand vous voudrez, Damoiselle..., fit Rankor avec un faux respect abject.

Lumina se leva, suivie de Rankor, du Capitaine Wilem et de quatre légionnaires triés sur le volet. Les six hommes vinrent se placer autour du cercueil. Ils le soulevèrent tandis que le convoi s'éloignait. La Princesse gravit lentement les marches du bûcher, précédant les porteurs et leur fardeau. Ceux-ci déposèrent la dépouille royale sur l'ultime plate-forme du tas de bois. Lumina s'empara d'une torche enflammée, mais, contrairement au cérémonial prévu, elle se tourna vers la tribune.

— J'ai une déclaration à faire, fit-elle d'une voix blanche.

Les hauts dignitaires du Royaume considérèrent avec curiosité cet accroc au strict protocole de la cérémonie. Quant à Rankor, il dévisagea la Princesse avec un étonnement rageur mêlé d'inquiétude. Jusqu'à maintenant, son plan se déroulait sans anicroche et même si Lumina n'avait pas vraiment collaboré, elle n'avait pas non plus cherché à contrecarrer ses projets. Quelle mouche l'avait donc piquée pour transgresser ainsi le cérémonial funèbre ? Il fit un pas vers elle. À ce moment, d'un geste naturel, Lumina passa sa torche d'une main dans l'autre au-dessus de sa tête. La foule poussa un murmure d'étonnement. La Princesse était maintenant comme couronnée de flammes. Ses yeux brillaient et une auréole de feu semblait immobilisée dans l'air frais du matin. Rankor recula.

Au pied de la tribune, Arcanie murmura :

— Par toutes les Ombres ! Tant de puissance sans contrôle… Il me la faut ! À tout prix.

Seule la Nécromante à ses côtés perçut ses paroles.

— Je n'ai pas de preuves de ce que vous allez entendre, cria soudain Lumina tandis que les flammes disparaissaient autour d'elle, mais vous saurez bientôt que j'ai dit la vérité… Le Roi Krilen a été assassiné !

Une rumeur de consternation monta de la foule. Rankor et Wilem échangèrent un regard inquiet et le capitaine fit signe aux quatre légionnaires de se tenir prêts à toute éventualité.

— Je connais le coupable..., poursuivit la Princesse d'une voix plus assurée. Et je jure sur ma vie que justice sera faite ! Pour cela, je me déclare officiellement Princesse du Royaume des Mille Collines. Que tous se le disent : il n'y a que moi qui puisse prétendre au trône.

C'était plus que Rankor ne pouvait entendre. Il fit un mouvement de tête et les quatre soldats entourèrent la jeune fille. Celle-ci les tint à distance avec la torche dont les flammes semblaient animées de vie propre.

— Ty'Yu ! cria-t-elle.

Comme si elle n'attendait que cet appel, la grande Licorne se débarrassa de ses gardiens d'une ruade et vint se poster à proximité de la Princesse.

— Adieu, Père ! s'écria Lumina en lançant la torche enflammée sous le cercueil de Krilen.

L'instant d'après, elle bondit sur le dos de la Licorne et s'accrocha à sa crinière. Ty'Yu partit au galop, sauta la barrière de sécurité et fendit la foule en direction de la poterne de la cité.

— Ne la laissez pas s'échapper ! ordonna le Capitaine Wilem à ses hommes.

— Poursuivez-la ! renchérit Rankor furibond.

Plus facile à dire qu'à faire ! Les légionnaires avaient laissé leurs chevaux aux écuries, le temps de les seller et les harnacher, Ty'Yu et Lumina avaient disparu depuis longtemps. Et sur la place où le catafalque achevait de se consumer, les châtelains des Mille Collines sentaient que des heures bien sombres attendaient le royaume.

***

Un peu plus tard dans l'après-midi, les comploteurs se réunirent à nouveau dans la Loge Royale. Rankor s'adressa à la Mère-Sorcière dont le long vêtement noir ne laissait filtrer que l'éclat inquiétant de ses yeux.

— Une nouvelle fois vous avez failli, Mère Arcanie ! Vous la vouliez, mais vous l'avez laissée s'échapper, reprocha-t-il.

— C'est peut-être mieux ainsi, déclara la Nécromante d'un air ambigü.

Hésitant entre méfiance et curiosité, Rankor essaya vainement d'accrocher son regard.

— Qu'entendez-vous par là ?

— Il suffit, coupa la Dame Noire. Nous savons ce que nous savons. La Princesse n'était pas sensée avoir connaissance de notre conspiration. Quelqu'un a dû commettre une indiscrétion…

Se sentant visé par les propos de la Mère-Sorcière, Wilem intervint :

— Si vous m'aviez laissé faire dès le début, Lumina ne serait plus de ce monde !

— Ce n'était pas dans notre accord… Quoi qu'il en soit, continua la Dame Noire, Lumina a compris ce qui était arrivé à son père… Et elle a dit aux châtelains qu'elle connaissait le coupable. Sachant cela, elle a jeté le trouble dans les esprits et contrecarré nos projets.

— Évidemment, tempêta Rankor en frappant la table de bois de rose. Il faut trouver un coupable et le ramener au Palais pour l'exécuter en place publique.

— Justement, fit la Mère-Sorcière, nous l'avons notre coupable… Une fuite, n'est-ce pas une sorte… d'aveu ?

5. Dans les forêts du royaume

Au début, Lumina avait eu du mal à soutenir la cadence de Ty'Yu. Elle se sentait ballottée sur le dos de l'animal sans pouvoir en prendre le contrôle. Puis la cavalière et sa monture s'étaient adaptées l'une à l'autre, au point que la Princesse n'éprouvait aucune fatigue après des heures de chevauchée.

La nuit les surprit à l'orée d'une forêt. Grâce à la vitesse de la Licorne, elles avaient parcouru une distance considérable. Leurs poursuivants avaient dû perdre leur trace depuis longtemps. La Princesse arrêta Ty'Yu : inutile de voyager dans l'obscurité. Mieux valait prendre du repos et repartir le lendemain frais et dispos. Lumina se dressa sur sa monture. À une demi-lieue dans la vallée, elle repéra la fumée d'une chaumière. Le bruit des sabots de la Licorne fit sortir le paysan. La jeune fille sauta à terre et alla à la rencontre de l'homme, pétrifié à la vue de Ty'Yu.

— N'ayez pas peur, fit-elle calmement. Je suis la Princesse Lumina, cet animal ne vous fera aucun mal.

— J'ai vu votre portrait avec celui du Roi Krilen dans la maison du prévôt, répondit-il, déjà plus confiant.

— Pouvez-vous nous donner à manger... ? Je vous dédommagerai.

— Princesse, c'est un honneur... je ne veux pas d'argent...

Lumina jeta un regard sur la masure.

— Nous ferons comme j'ai dit, trancha-t-elle. Tu auras l'honneur et l'argent.

Le lendemain matin, dès qu'il entendit du bruit dans la grange, l'homme apporta un grand bol de lait frais à Lumina.

— Vous auriez dû accepter ma chambre pour la nuit, Princesse, cette grange n'est pas digne de vous !

— Il y a longtemps que je n'ai aussi bien dormi, lui confia-t-elle.

Ni rêve ni cauchemar, la jeune fille s'était

réveillée en pleine forme. Puis, d'un seul coup, tous les événements tragiques de ces derniers jours lui revinrent en mémoire : la mort de son père, le complot de Rankor, la menace de la Mère-Sorcière, son serment de vengeance et la fuite éperdue avec Ty'Yu... Un sentiment de solitude immense l'étreignit lui faisant monter les larmes aux yeux. Aujourd'hui elle n'était plus qu'une petite fille seule dans la tourmente et, malgré son titre de Princesse, elle dormait dans une grange.

Un souffle sur son épaule la fit sursauter. Ty'Yu, qui semblait avoir compris son désespoir, venait la réconforter de sa présence.

— Tu as raison, ce n'est pas le moment de s'attendrir.

Bientôt, après un dernier signe d'adieu à son hôte, elle lança la Licorne au grand galop.

Quelques heures plus tard, Ty'Yu ralentit l'allure, puis se mit au pas, malgré les sollicitations de Lumina.

— Tu es déjà fatiguée? s'étonna-t-elle.

Indifférente aux ordres de sa cavalière, la Licorne pénétra dans un épais sous-bois.

— Ma parole, tu veux ma mort! Qu'est-ce qui te prend? s'emporta Lumina en descendant de sa monture.

Elle prit l'animal par la bride pour tenter de rejoindre le chemin forestier. Mais celui-ci résista, et comme Ty'Yu devait peser une trentaine de fois le poids de la jeune fille…

— Bien… Un peu de repos nous fera du bien.

À peine avait-elle terminé sa phrase, qu'elle entendit un bruit de sabots. À quelques mètres, sur le chemin qu'elles venaient de quitter, passa une petite troupe de légionnaires ! Lumina se plaqua contre un arbre. « Ils n'ont pas perdu de temps ! » pensa-t-elle. Des messagers avaient dû se relayer la nuit durant pour transmettre l'ordre de sa capture aux quatre coins du royaume.

— Tu as l'oreille plus fine que la mienne… et tu apprends vite ! reconnut la jeune fille en flattant l'encolure de Ty'Yu.

Quelques instants plus tard, la Princesse et la Licorne avaient repris leur course. Lumina ne voulait pas se l'avouer, mais en réalité, elle ne savait pas où elle allait. Pour le moment, elle fuyait droit devant elle sans aucun plan en tête sinon de trouver un abri sûr. La vengeance viendrait à son heure.

Un soir, après plusieurs nuits passées à la belle étoile, la Princesse ne résista pas à l'attrait d'une fermette et à la bonne odeur de soupe qui s'en échappait.

— Ma brave Ty'Yu, je sais que tu ne m'en voudras pas, murmura-t-elle à l'oreille de sa monture. Mais j'ai vraiment envie d'un bol de potage… et tu es un peu trop voyante !

Elle abandonna la Licorne dans un taillis proche de la chaumière et alla frapper à la porte d'entrée. Un couple de paysans l'accueillit.

— Bonsoir ! Je me suis perdue… et la nuit tombe vite. Pourriez-vous m'offrir l'hospitalité ? Je vous paierai, bien entendu.

L'homme et la femme se regardèrent, paraissant hésiter.

— Entrez, se décida enfin la fermière. Quelle idée de voyager si tard le soir…

— Je voulais atteindre le prochain village, mais il fait décidément trop sombre.

Lumina avait choisi de ne pas se faire connaître ; la rencontre avec les soldats quelques jours auparavant l'avait rendue méfiante.

Les paysans se révélèrent des hôtes attentionnés et fort bavards. Ils racontèrent des anecdotes qui couraient dans la région et prétendirent être originaires d'un plateau proche des Hautes-Montagnes. Ce lieu se trouvait aux confins du Royaume, à plusieurs jours à cheval. Ils décrivirent une contrée tranquille, à l'écart du monde et où la vie s'écoulait paisiblement… Un peu trop à leur gré, puisqu'ils avaient préféré vivre dans une région plus animée.

— C'était un endroit très retiré, nous avions rarement de visites des provinces voisines, quant à la capitale…

Pour la jeune fille, ce lieu lui semblait idéal pour se cacher le temps de reprendre des forces et faire le point de la situation.

— … légende des Petits Hommes. Les Mirmidons, ainsi qu'on les nomme là-bas, sont des créatures guère plus grandes que des enfants…

— Des nains ?

— Non. Les nains sont des humains de petite taille ; les Mirmidons sont des êtres à part : élégants, fins et racés. Certaines personnes assurent en avoir rencontré dans les forêts avoisinant les Hautes-Montagnes…

Lumina n'écoutait plus que d'une oreille distraite. Demain, avec Ty'Yu, elle prendrait la direction de ce pays si tranquille. Elle étouffa un bâillement.

— On parle, on parle, s'excusa la fermière. Alors que vous êtes rompue de fatigue et qu'une longue route vous attend dans quelques heures. Je vous prépare une paillasse, vous dormirez dans la pièce à côté.

Lumina eut un vague sentiment de culpabilité envers Ty'Yu, mais la fatigue et le sommeil la décidèrent à accepter la proposition.

***

L'homme s'était réveillé bien avant l'aube. Il s'était habillé sans bruit et avait traversé la maison silencieusement. La porte n'avait même pas grincé à force de précautions. Il avait pratiquement couru tout le long du chemin. Maintenant il revenait sur la croupe du cheval d'un des soldats qu'il était allé prévenir.

— S'il s'agit vraiment de la Princesse, nous partagerons la prime avec toi, avait assuré le chef des légionnaires en poste au village.

La petite troupe abandonna les montures une centaine de mètres avant la ferme. Quand il firent irruption dans la chambre de Lumina, celle-ci dormait encore et ils n'eurent aucun mal à la maîtriser.

— Menez-la à l'extérieur !

Dehors les premiers rayons du soleil pointaient par-dessus la colline proche, la matinée s'annonçait belle.

— C'est bien elle ! C'est la Princesse Lumina ! s'exclama le gradé.

Deux hommes lui maintenaient les bras dans le dos. Les deux fermiers s'approchèrent.

— Garce ! lança le paysan.

La femme lui cracha au visage. Plus que l'insulte ou l'affront, c'est la spontanéité du geste qui fit le plus de mal à Lumina. Les deux paysans paraissaient parfaitement sincères : ils la haïssaient !

— Que vous ai-je donc fait... ? murmura la Princesse prête à pleurer.

— C'est tout ce que mérite une fille qui a tué son père ! aboya l'homme.

Cette fois, deux larmes roulèrent sur les joues de Lumina. L'accusation l'avait atteinte au plus profond d'elle-même. Au point qu'elle ne chercha même pas à se disculper. Une telle infamie ne pouvait avoir germé dans l'esprit de ses hôtes. Une fois le chagrin surmonté, elle comprit qu'il s'agissait d'une perfidie des Nécromantes. Elle reconnaissait bien là leur sinistre talent.

Soudain ce fut le tohu-bohu dans la petite troupe. Ty'Yu venait de faire une entrée fracassante dans la cour de la ferme. Hennissant, ruant, se cabrant tel un démon, l'animal eut tôt fait de mettre en déroute les légionnaires qui ne s'attendaient pas à un telle offensive. Il n'y eut bientôt plus que les deux fermiers que l'irruption agressive de la Licorne avait pétrifiés. Lumina bondit sur sa monture encore toute piaffante.

— Sachez qu'on vous a trompés, dit-elle au couple de paysan. Je suis innocente du crime dont on m'accuse !

Quelques instants plus tard, Ty'Yu et sa cavalière semaient la panique parmi les chevaux des soldats, puis disparaissaient à l'horizon.

***

Le spectacle était grandiose. À perte de vue, une muraille impressionnante fermait l'horizon du plateau. L'à-pic abrupt des Hautes-Montagnes faisait une barrière infranchissable. Au beau milieu de ce rempart naturel, surgissait, d'une hauteur vertigineuse, une cascade bouillonnante dont les eaux venaient s'écraser quelques centaines de mètres plus bas, dans un petit lac.

Émerveillée, Lumina resta un long moment

debout sur ses étriers, à profiter de la beauté du paysage.

— Tâchons d'éviter les villages, fit-elle en lançant la Licorne au petit trot.

Au cours de leurs péripéties, l'animal s'était révélé fidèle, rapide et puissant, mais ce n'était pas le compagnon idéal pour passer inaperçus. Même en ces lieux retirés du Royaume, il aurait été imprudent de sous-estimer la rage de Rankor et la ruse des Nécromantes.

Pendant plusieurs jours, la Princesse et sa monture parcoururent le plateau en tous sens. Lumina cherchait une maison ou une ferme isolée qu'elle aurait pu louer ou acheter. Le soir elle couchait parfois dans les auberges pour se renseigner, laissant Ty'Yu dans les environs. Enfin, un jour, elle trouva ce qu'il lui fallait : une chaumière avec une grange à l'écart des villages avoisinants, non loin de la cascade. La Princesse et la Licorne purent enfin disposer d'un peu de répit pour récupérer toute la vigueur et l'énergie qu'elles avaient dépensées durant leur fuite éperdue.

***

— Ça y est ! Nos espions l'ont repérée !

Le Commandant Wilem venait de pénétrer dans la Loge royale d'où Rankor dirigeait désormais le royaume d'une poigne de fer. Partout, les fidèles de Krilen avaient été remplacés par des hommes du Régent. La moindre objection se réglait à coups de fouet et la rébellion était passible de la peine de mort.

— Qui est au courant? s'enquit Rankor.

— Une douzaine de nos hommes, pas plus.

— La Mère-Sorcière?

Wilem secoua la tête en signe de dénégation. Rankor eut un sourire triomphant.

— Princesse ou pas, elle va savoir ce qu'il en coûte de se dresser contre moi. Où est-elle? demanda-t-il en s'approchant d'une carte du Royaume installée sur un chevalet.

Le militaire jeta un coup d'œil rapide sur le plan et désigna un point à une extrémité de la gravure.

— Cette petite teigne a oublié d'être bête! s'emporta-t-il. Elle s'est réfugiée à l'autre bout du royaume, sur ce plateau où nous avons le moins d'influence. Il nous faudra plusieurs jours pour monter une expédition et l'atteindre.

— Effectivement, fit le Commandant. Cependant, chaque chose a ses avantages... et ses inconvénients! Ce plateau perdu se situe au pied des Hautes-Montagnes, une muraille infranchissable. Il suffira de se déployer en demi-cercle autour de la zone où vit Lumina… Très facile à contrôler !

— Évidemment, fit Rankor déjà plus serein. Mon cher Wilem, choisis hommes et matériel, tu as carte blanche !

L'homme eut un rictus cruel.

— Seigneur, avez-vous une préférence en ce qui concerne le sort de la Princesse ?

— Une seule… que ce soit long et pénible !

6. La poursuite

En moins de deux semaines Lumina connaissait tous les alentours du plateau qu'elle parcourait à longueur de journée avec Ty'Yu. La région était très peu peuplée, ce qui constituait à la fois un avantage et un inconvénient. L'avantage, bien sûr, était de ne rencontrer âme qui vive des lieues à la ronde. Par contre, cet isolement ne permettait guère d'avoir des nouvelles de ce qui se passait dans les provinces et à la capitale. Aussi, deux fois par semaine, Lumina se rendait-elle au village le plus proche, à la fois pour se ravitailler et pour tenter de glaner quelques informations concernant les affaires du Royaume.

Justement aujourd'hui était jour de marché

et la jeune fille déambulait dans le village, en quête de renseignements. Son panier plein de victuailles, elle s'apprêtait à quitter le village, lorsqu'un colporteur l'apostropha :

— Oyez belle demoiselle ! Regardez-moi cette pièce d'étoffe, de quoi vous faire une jolie robe… de princesse !

La jeune fille sursauta. L'allusion à son titre ne pouvait être une simple coïncidence.

D'ailleurs le commerçant ambulant lui fit un discret signe de connivence en s'éloignant avec sa charrette. Tout en surveillant autour d'elle, Lumina le suivit jusqu'à un endroit moins fréquenté.

— Mille excuses pour ma grossièreté, Princesse, se justifia-t-il à mi-voix. Mais je dois vous parler !

— Ainsi vous m'avez reconnue…, s'inquiéta-t-elle encore méfiante.

— Votre portrait orne tous les postes de guet et les octrois… Et puis on m'a demandé de vous prévenir…

Lumina fronça les sourcils. Elle qui pensait que ses poursuivants avaient définitivement perdu sa trace, se rendait compte aujourd'hui que l'apparente quiétude des lieux avait endormi sa méfiance.

— Qui t'envoie? s'enquit-elle.

— Peu importe, Princesse, l'heure est grave, les soldats ont envahi le plateau. Ils vous cherchent!

— Qui t'envoie? répéta la jeune fille.

L'homme hésita un moment puis se décida.

— J'ai promis..., commença-t-il, mais il sentit que Lumina ne se contenterait pas de faux-fuyants. Une femme, avoua-t-il, vêtue de noir... c'est tout ce que je sais.

Une Nécromante à l'évidence... La jeune fille enregistra l'information, pour l'heure le temps lui manquait pour réfléchir à ce nouvel élément.

— Je vous en prie, Princesse, votre tête est mise à prix!

— La prime ne t'intéresse donc pas?

— J'avoue qu'il y a quelques semaines encore, je vous aurais trahie sans le moindre scrupule, admit le colporteur. Mais depuis, je me suis rendu compte que le Régent n'était qu'un tyran... et qu'il était impossible que vous ayez tué votre père... Je vous en prie Princesse, fuyez! Il est peut-être encore temps.

Lumina comprenait maintenant combien le choix de ce plateau, qu'elle croyait judicieux en arrivant, se révélait aujourd'hui un piège qui pouvait lui coûter la liberté... et peut-être la vie ! Elle remercia l'homme et quitta le village discrètement. Elle regretta amèrement d'avoir laissé Ty'Yu dans son écurie et perdit presque une heure pour revenir chez elle.

Lumina rassembla quelques affaires dans une besace, puis enfourcha la Licorne. La jeune fille et sa monture chevauchèrent jusqu'à la forêt la plus proche. Le plan de Lumina était simple : profiter de sa connaissance du terrain pour tenter de traverser les lignes des soldats.

Malheureusement les bois fourmillaient de légionnaires et la Princesse dut se rendre à l'évidence : jamais elle ne pourrait passer au travers des mailles du filet. Et, comble de malchance, quand elle voulut rebrousser chemin, l'un des soldats l'aperçut ! Aussitôt la forêt résonna de cris, d'appels, d'ordres... et bientôt du bruit des cavaliers lancés à leurs trousses !

La Licorne partit au grand galop et lâcha rapidement ses poursuivants. Pourtant la situation empirait de minute en minute, d'un côté une muraille infranchissable, de l'autre une bande de légionnaires sans foi ni loi. Tout en chevauchant, Lumina cherchait désespérément une solution à ce pari impossible.

Soudain Ty'Yu ne lui obéit plus. La Princesse essaya vainement de reprendre le contrôle de sa monture, mais rien n'y fit. La Licorne filait droit vers les Hautes-Montagnes, droit vers la cascade. C'en était fait d'elles! Elles atteignirent le petit lac où se précipitait la chute d'eau. Ty'Yu y pénétra résolument. Lumina la laissa faire, au point où elles en étaient... Sans hésiter, la Licorne s'engagea sous les trombes d'eau. La jeune fille faillit être désarçonnée par la violence des flots, mais elle se cramponna à la crinière de l'animal. Bientôt le fracas des eaux s'atténua et elles retrouvèrent la terre ferme à l'abri et invisibles de l'extérieur. Trempée de la tête aux pieds et encore sous le choc de la traversée de cette cataracte, Lumina sauta à terre, sidérée par ce qu'elle contemplait.

Elles étaient dans une vaste caverne, derrière le rideau des trombes d'eau. Mais il faisait très sombre. Lumina effleura du bout de doigts la muraille près d'elle. Elle sursauta car à peine avait-elle touché les roches que la caverne s'éclaira. Il émanait maintenant des parois une faible luminosité qui permettait de discerner l'intérieur de la grotte.

— Mon pouvoir! murmura la jeune fille, le cœur battant. Déjà la torche le jour des obsèques de Père, puis maintenant... Maudite Arcanie, elle a réveillé ce que Maman avait prudemment endormi au fond de moi. Je la hais !

Lumina regardait sa main avec horreur comme si les flammes de l'enfer allaient en jaillir. Ty'Yu s'approcha de cette main tremblante et y frotta ses naseaux. La confiance de l'animal redonna de l'espoir à la jeune fille. Le bras sur le cou de la Licorne, elle se mit à explorer la caverne. D'innombrables stalagmites se dressaient du sol pour tenter d'atteindre leurs doubles, les stalactites qui pendaient de la partie supérieure. La faible clarté ambiante créée par Lumina accentuait encore l'aspect fantomatique du site.

— Je ne sais pas si nous serons bien longtemps à l'abri ici, chuchota la jeune fille sans illusions.

***

— Commandant, je les ai vues partir vers la chute d'eau ! fit l'un des légionnaires de la troupe.

Wilem regarda dans cette direction sans rien remarquer de suspect.

— Allons-y ! ordonna-t-il.

Tandis qu'ils approchaient du petit lac, deux

autres escouades de soldats débouchèrent de la forêt et se joignirent à eux. Une par la gauche, une par la droite; l'étau se refermait. Wilem comprit aussitôt que sa tactique avait encore été tenue en échec par la Princesse Lumina. Il était pourtant impossible qu'elle et la Licorne aient pu franchir ses lignes, puis échapper aux légionnaires qui gardaient les abords du plateau. Donc elles se cachaient quelque part.

— La maison? interrogea-t-il sans même se retourner.

— Fouillée de fond en comble, commandant! fit l'un des sergent qui l'accompagnait. Rien à signaler.

Wilem jura comme un charretier. Il fit faire demi-tour à son cheval et scruta la forêt toute proche. Après un long moment de réflexion, il se retourna vers la cascade qu'il examina avec attention. Puis il hocha la tête d'un air entendu et descendit de cheval.

— Six hommes avec moi!

Le Commandant Wilem s'approcha de la berge, puis pénétra dans l'eau du lac, suivi de sa petite troupe. Quelques minutes plus tard, il prenait pied dans la grotte.

— Deux hommes de chaque côté... Fouillez

tous les recoins ! décida-t-il en tirant son épée. Les deux autres avec moi.

Ils avancèrent jusqu'au fond de la caverne, explorant la moindre anfractuosité, examinant la moindre cachette. L'extrémité de la grotte se terminait par une sorte de tunnel dont on ne voyait pas l'issue.

— Là, des traces de pas ! s'exclama l'un des soldats.

Malgré la faible lueur des roches, Wilem aperçut nettement les empreintes de pieds et de sabots, sur le sol caillouteux de la grotte.

***

Lumina avait trouvé la galerie et enfourché Ty'Yu. Mais le passage s'était rétréci et elle avait dû mettre pied à terre. L'animal qui l'avait si souvent tirée d'affaire était maintenant une gêne dans sa progression. La taille imposante de la Licorne la contraignait de plus en plus souvent à des manœuvres risquées et l'exposait aux roches acérées des parois du tunnel. Déjà des traces de sang tachaient ses flans. Elles arrivèrent enfin à un dégagement. C'était une sorte de rond-point où aboutissaient plusieurs galeries. Le souterrain avait été élargi et la voûte consolidée à l'aide de poutres et de planches ; l'ensemble était étayé par quelques piliers. Des hommes avaient aménagé l'endroit ! Lumina s'assura que les plaies de Ty'Yu ne présentaient aucun caractère de gravité, puis elle examina les différents passages souterrains qui s'offraient à elle. Leur étroitesse l'inquiéta. Qui pouvait bien passer par là ?

À ce moment des bruits de voix lui parvinrent de la galerie qu'elle venait de quitter.

On les poursuivait ! Un sentiment de découragement l'envahit. Tous ces efforts pour rien ! Son abattement se transforma en révolte et elle expédia un coup de pied rageur à l'un des piliers. Quelques débris de bois et de terre tombèrent à ses pieds. Elle renouvela son geste avec le même résultat. La jeune fille prit un peu de recul et inspecta la construction ; le bois était vermoulu et les planches disjointes, peut-être que… Prise de frénésie, elle se jeta contre le poteau à coups d'épaule, de pieds, de poings… réussissant à peine à l'ébranler ! Des larmes d'impuissance lui montèrent aux yeux. À cet instant, elle se sentit poussée sur le côté. La grande Licorne appuya son poitrail contre le pilier et, arc-boutée sur ses pattes arrière, entreprit de le faire basculer. Il y eut un craquement alarmant, puis, dans un vacarme effroyable, une partie de la voûte s'effondra dans un nuage de poussière.

— Ty'Yu ! cria Lumina.

Un silence angoissant s'installa dans la grotte… Une fois la poussière retombée, Lumina constata qu'un rai de lumière filtrait par une fente de la voûte.

— Ty'Yu, cria-t-elle à nouveau.

Enfin, s'extrayant de l'éboulis, la Licorne réapparut. Lumina se précipita pour la féliciter.

— Oh non ! murmura-t-elle avec un mouvement de recul.

La corne de Ty'Yu était rompue en son milieu et la partie brisée pendait pitoyablement sur front de la bête… Ce qui, hélas, à court terme, équivalait pour une licorne à une mort certaine !

7. La réapparition du Pouvoir

Ty'Yu secoua la tête, ce qui eut pour effet de faire tomber sa corne à terre. Les larmes aux yeux, Lumina se pencha pour la ramasser.

— Non ! Ce n'est pas possible ! s'écria-t-elle entre deux sanglots.

Elle entoura de ses bras la tête de la Licorne qui n'avait pas hésité une seconde à se sacrifier pour l'aider à fuir en éboulant le plafond de la galerie murée désormais pour longtemps. La jeune fille sentit un liquide chaud lui couler le long des bras. Un filet de sang s'échappait de la blessure et s'écoulait sur le front de l'animal, emportant avec lui à chaque goutte un peu plus de vie.

Quelques minutes plus tard, Ty'Yu, affaiblie,

se coucha doucement sur le flanc, la tête posée sur les genoux de Lumina. Celle-ci lui caressa doucement la joue, indifférente à la mare de sang qui l'entourait. Elle songeait à la fidélité de sa compagne envers son père et elle. Les hommes étaient bien loin des sentiments dont Ty'Yu avait fait preuve.

La Licorne eut soudain une sorte de spasme. Un long soupir s'échappa de ses naseaux. C'était fini. Elle était morte, paisiblement, en douceur.

Les larmes de Lumina se mêlèrent au sang de son amie. Désormais elle se retrouvait vraiment seule contre tous. Le courage l'abandonna. Elle se pencha en avant et laissa reposer sa tête sur celle de Ty'Yu.

***

Lumina resta ainsi longtemps, prostrée, sans bouger. Elle était incapable de savoir si elle s'était endormie ou non. Elle avait complètement perdu la notion du temps. La lumière filtrait toujours par la voûte si haute qu'elle était inaccessible.

Enfin la Princesse se décida à sortir de sa torpeur. Elle souleva avec précaution la tête de Ty'Yu, dégagea ses genoux et la laissa reposer doucement sur le sol de la grotte. La jeune fille essaya de se mettre debout mais ses membres endoloris refusèrent d'obéir à sa volonté. Elle ne savait pas où la douleur était la plus vive : dans son corps ou dans son cœur. Elle soupira. Le sang circulait déjà mieux dans ses membres mais la blessure dans sa poitrine ne se refermerait pas de sitôt.

Elle réussit cependant à mettre un peu d'ordre dans ses idées. Une barrière infranchissable la mettait à l'abri de ses poursuivants, mais elle était prisonnière de cette grotte, sans espoir de retour. Elle devait donc explorer son nouvel univers et tenter de trouver un passage afin de rejoindre l'air libre.

Elle caressa une dernière fois le flanc de son amie Ty'Yu pour lui dire adieu. Alors qu'elle s'y attendait le moins, son pouvoir se manifesta à nouveau. La robe de la Licorne s'irisa de milliers de reflets sous les doigts de la Princesse. L'animal prit un instant l'apparence extraordinaire d'une Licorne Arc-en-Ciel, la plus légendaire des Licornes. Lumina recula, effrayée. Qu'est-ce que cela signifiait ? Ne devrait-elle plus jamais rien toucher qui ne s'illumine ? Bientôt la pénombre revint et seule brillait dans le noir le morceau de corne brisée. Lumina, le cœur battant, vit là comme un signe, un dernier message de son amie qui ne voulait pas la laisser seule. Émue, la jeune fille ramassa le morceau de corne qu'elle décida de conserver comme talisman. Puis elle s'enfonça dans le premier boyau qu'elle trouva, droit vers l'inconnu.

***

Elle marcha longtemps, puis rampa plus longtemps encore dans un goulet qui se rétrécissait au fur et à mesure qu'elle avançait. Déjà elle ne pouvait plus se retourner. Impossible de faire demi-tour ! L'angoisse montait en elle. Et si c'était un cul-de-sac ? Elle serait enterrée vivante dans ce sarcophage de pierre.

Elle s'arrêta quelques instants pour reprendre son souffle. Il ne fallait pas laisser la panique la submerger. Soudain, il lui sembla percevoir un bruit sourd et continu. L'espoir lui revint quelque peu. Elle continua à ramper dans la terre humide et glaiseuse. Plus elle progressait, plus le bruit s'amplifiait. À n'en point douter, elle s'approchait d'une rivière souterraine.

Mais ses espérances de sortir de cet étroit passage se trouvèrent bien vite anéanties. Lumina buta soudain contre le fond du boyau. Avec ses mains, elle découvrit seulement un trou, guère plus grand que ses deux poings. C'était par cet orifice que le bruit s'engouffrait, mais le passage était trop petit pour elle.

La rage s'empara alors de Lumina. Échouer si près du but ! À l'aide de la corne de Ty'Yu, elle commença à creuser pour dégager la terre qui obstruait le boyau. Au bout de quelques minutes elle avait agrandi le trou. Seule une grosse pierre l'empêchait de passer de l'autre côté. Elle fit levier avec la corne et poussa de toutes ses forces. La pierre sortit d'un seul coup de son cocon de glaise et céda brusquement le passage à la Princesse. Celle-ci, surprise, fut emportée par son effort et bascula dans le vide en même temps que la pierre et la corne qu'elle tenait serré. Elle atterrit dans une eau noire et glacée. Lumina en eut le souffle coupé. Mais sans lui donner le temps de se remettre de ses émotions, un fort courant l'entraînait déjà loin de son point de chute.

Le fracas des eaux de la rivière souterraine lui parut monstrueux. Elle tenta tant bien que mal de surnager et de garder la tête hors de l'eau. Mais elle n'y réussissait pas toujours. Des remous la faisaient tournoyer et l'aspiraient vers le fond. Il lui fallait alors toute l'énergie du désespoir pour remonter à la surface. D'un coup elle heurta une énorme stalactite. Sous la violence du choc, elle vit, malgré la pénombre, de nombreuses lumières tourner dans ses yeux. À moitié assommée, elle serra des dents sous l'effet de la douleur, mais surmonta sa défaillance.

Elle n'avait pas lâché la corne de Ty'Yu à laquelle elle s'accrochait comme à une bouée. Elle pensa soudain à s'en servir comme bouclier en la mettant devant son visage. Ainsi lorsqu'elle heurtait un obstacle, la corne la protégeait et la repoussait vers le milieu de la rivière souterraine.

Les minutes s'écoulaient qui lui paraissaient des heures. Le froid intense commençait à lui raidir les muscles au-delà du supportable. Elle savait que si elle ne sortait pas rapidement de cette situation, elle coulerait à pic, les muscles tétanisés.

Soudain, couvrant le bruit de la rivière, un grondement plus fort se fit entendre. Cela ne rassura pas Lumina, bien au contraire. La rivière s'engouffrait peut-être dans un énorme tourbillon et elle risquait de périr noyée dans quelques instants.

Lumina essaya désespérément de freiner sa course et de s'agripper à une stalactite, mais en vain. Le courant se faisait de plus en plus fort, le grondement de plus en plus sourd.

La rivière prit un large tournant et Lumina aperçut soudain une lueur. Petit point lumineux au départ, il grossit à toute vitesse. Les yeux de la jeune fille mirent un moment à s'adapter à la clarté du jour. La rivière débouchait à l'extérieur par une vaste sortie circulaire. Lumina était sauvée. Son cœur bondissait de joie. Elle se laissa porter par le courant toujours plus rapide. Son cerveau engourdi par le froid trouva d'un coup la réponse au bruit assourdissant qui l'environnait : une cascade!

Trop tard! Lumina poussa un cri de terreur lorsque, projetée par les eaux en furie, elle se retrouva dans le vide. Trente mètres plus bas, les flots s'abîmaient dans un immense lac. Elle battit des pieds quelques secondes puis s'enfonça profondément dans les eaux claires du lac. Sous la violence du choc, elle faillit lâcher la corne de Ty'Yu. Par réflexe plus que par raison, elle remonta lentement à la surface.

Trouvant encore en elle des forces insoupçonnées, elle nagea vers la rive toute proche. Épuisée, elle rampa sur les cailloux, toussant, recrachant de l'eau. La tête posée sur un rocher, le corps encore dans le lac, elle put enfin fermer les yeux et se reposer.

— Alors, on ne peut plus pêcher tranquille, fit soudain une voix forte. Tu fais un drôle d'appât, fillette !

Lumina rouvrit les yeux, et la première chose qu'elle vit fut une paire de bottes. En levant la tête, elle découvrit un tout petit homme qui la contemplait l'air narquois. Elle n'eut pas la force de répondre, tenta d'esquisser un sourire et s'évanouit.

8. Chez les Mirmidons

Lumina ouvrit un œil, puis deux. Du regard, elle chercha des indices qui lui feraient situer l'endroit où elle se trouvait. Elle était dans une pièce minuscule meublée d'une petite table et de deux bancs. Elle s'aperçut qu'elle était couchée dans un lit étroit et que ses jambes dépassaient si largement que ses pieds reposaient sur un tabouret au bout du lit.

«Je suis en train de rêver, pensa-t-elle. Me voici au royaume des fées, dans une maison habitée par des elfes.»

Un rai de lumière pénétra soudain dans la chaumière. Sur le seuil de la porte un petit homme la regarda.

— Ah! Tu es enfin réveillée. Ce n'est pas trop

tôt, voici quinze heures que tu dors d'affilée. À croire qu'il y avait une semaine que tu ne t'étais pas couchée, fillette!

Ce n'était pas un rêve et l'elfe qui lui parlait arborait une belle barbe rousse. Malgré sa petite taille, il avait une solide carrure et ses bras nus faisaient apparaître une impressionnante musculature.

— Lève-toi et viens manger avec nous sous les arbres à la table commune. Après tu nous raconteras ton histoire.

Cinq minutes plus tard, Lumina dévorait un plat délicieux que lui avait tendu une personne silencieuse. D'un seul coup, elle s'était découvert un féroce appétit. La dernière cuiller avalée, on lui resservit la même chose et Lumina ne se fit pas prier pour tout dévorer.

Rassasiée, elle examina à loisir la place du village où, apparemment, tous les habitants étaient présents pour le repas. Les enfants qui ne la quittaient pas des yeux étaient adorables. Ils semblaient fascinés par quelque chose. Une petite fille moins timide dit enfin :

— Tu veux bien me donner tes cheveux jaunes?

Lumina éclata de rire. Elle comprit que la couleur de ses cheveux les sidérait. Effectivement, personne n'avait de chevelure bl autour d'elle.

Les hommes étaient assis un peu plus et, parmi eux, Lumina reconnut celui qui lui avait parlé tout à l'heure.

— Où suis-je? demanda-t-elle.

— Tu es au pays des Mirmidons, répondit un homme à la barbe blanche. Dans une vallée secrète où nul n'a droit de pénétrer. Nous sommes là pour juger de ton sort. Notre repas est fini. Nous sommes au complet. Alors nous t'écoutons.

Lumina ne se fit pas prier. Elle raconta par le menu son aventure en n'omettant aucun détail : la mort de son père, la découverte de son assassinat, le complot de Rankor et des Nécromantes, sa fuite, la mort de Ty'Yu, et, enfin, sa chute dans le lac de cette vallée perdue.

Quand elle eut fini de parler, elle s'aperçut que tous les Mirmidons la dévisageaient en silence, captivés par son récit. Semblant revenir à la réalité, le petit homme à la barbe blanche se racla la gorge, regarda ses compagnons qui tous hochèrent la tête et déclara :

— Nous pensons que ton histoire est vraie, donc sois la bienvenue dans notre royaume. Mais sache que nul ne peut sortir de cette vallée sans notre autorisation. Tu y resteras toute ta vie si nous en décidons ainsi.

Le jugement était sans appel, aussi Lumina n'insista pas sur son désir de vengeance et de reconquête du Royaume des Mille Collines.

— Je m'appelle Fodor, fit le Mirmidon roux et musclé qui l'avait trouvée. Je suis le Maître d'armes de cette vallée. C'est moi qui t'ai ramenée ici.

— Je te remercie pour ce que tu as fait.

— Bah, ce n'est rien. En attendant que l'on te construise une maison plus grande que les nôtres, tu logeras chez moi, mais tu seras un peu à l'étroit.

— Comme ton cerveau sous ton crâne, lança alors une voix fluette.

Lumina se retourna en même temps que Fodor, et elle découvrit derrière eux un charmant jeune garçon qui souriait l'air espiègle. Au premier coup d'œil, il était bien plus grand que les autres.

— Maudite sauterelle! Je vais t'écraser d'une seule main, s'emporta le maître d'armes.

Lumina s'interposa.

— Fodor, calmez-vous. C'était une blague. Il n'en pensait pas un mot, j'en suis sûr.

— Mais au contraire, je ne retire rien à ce que j'ai dit, insista le garçon.

Aussitôt, il fit un léger pas de côté pour échapper à la charge de Fodor qui s'étala par terre.

Lumina ne put s'empêcher d'éclater de rire. Fodor se releva prestement et s'apprêta de nouveau à foncer vers le garçonnet nullement impressionné.

— Fodor ! fit le vieil homme à la barbe blanche. Arrête de te donner en spectacle…

Le Maître d'armes baissa la tête et se mit à bougonner dans sa barbe rousse.

— Comment t'appelles-tu ? demanda Lumina au farceur qui était d'une taille bien supérieure à tous les Mirmidons assemblés autour d'elle.

— Cela dépend de mon humeur, répondit-il d'un air mystérieux. Maintenant je suis Ninyo, mais si je veux je peux être… Ninya !

ZWIIING ! Un son étrange retentit. En un clin d'œil le garçon disparut aux yeux de Lumina et fut remplacé par une jolie fille.

— Oh ! s'exclama Lumina, interloquée sous l'effet de la surprise. Mais comment fais-tu ça ? Es-tu un mage ?

— Je suis sans doute né des mains d'un mage ! Mais je ne me souviens de rien, jusqu'à ce que comme toi, un jour, j'arrive dans cette vallée.

Je ne sais qu'une chose, je suis un Métamorphe! déclara triomphalement le petit être.

ZWIIING! En un clin d'œil il reprit l'apparence de Ninyo. Lumina était enchantée. Fille ou garçon à volonté, quel étrange sort!

— Tu m'amuses, Ninyo-Ninya, dit la jeune fille.

— Tant mieux, répondit le garçon. Car en t'entendant parler, j'ai compris pourquoi j'ai été créé. Pour te servir. J'ai décidé que je serai ton écuyer.

— Qu'est-ce que tu veux qu'elle fasse d'un asticot qui a encore besoin de sucer son pouce avant de s'endormir? claironna Fodor, bien content de le ridiculiser à son tour.

— On ne t'a rien demandé, gros tas de muscles sans cervelle!

Lumina, constatant que les choses allaient de nouveau s'envenimer, s'empressa d'y mettre le holà.

— Arrêtez, je vous en supplie. Fodor! Ninyo!

Les deux opposants s'arrêtèrent aussitôt.

— Je te remercie de ton hospitalité, Fodor, et de ton offre, Ninyo. Je suis très heureuse de vous connaître tous les deux... Je vais accepter vos deux propositions. Fodor, je logerai chez toi, Ninyo tu seras mon écuyer. Mais tout cela ne se fera qu'à une condition : il faut que vous soyez amis, si vous le voulez bien.

Fodor et Ninyo se regardèrent, regardèrent Lumina, puis leur visage s'éclaira.

— D'accord ! répondirent-ils de concert.

Le Mirmidon à barbe blanche se pencha vers son voisin.

— S'il avait fallu une preuve, la voilà. C'est bien une vraie Princesse.

***

Le lendemain matin, Fodor vint chercher Lumina. Il avait l'air grave. Elle le suivit jusqu'à une grande place, située un peu à l'écart du village. Là elle découvrit un spectacle incroyable. La dépouille de Ty'Yu était disposée sur un large bûcher.

L'émotion submergea Lumina.

— Mais… Mais comment avez-vous fait ? bégaya-t-elle.

— Les sages ont compris que tu disais la vérité. Alors ils ont envoyé la plupart des hommes valides de la vallée jusqu'aux galeries. C'est un de nos vieux passages que nous n'utilisons plus. Là où tu l'avais indiqué, ils ont retrouvé le corps de ta fidèle amie et ils l'ont ramené ici pour lui faire des funérailles dignes de sa bravoure.

— Comment avez-vous fait ? répéta Lumina qui n'arrivait toujours pas à croire ce qu'elle voyait.

— Cela n'a pas été une partie de plaisir, admit Fodor, car ta licorne est d'une taille impressionnante. Mais avec de la volonté, de la sueur et un peu d'astuce, on arrive à tout. Foi de Mirmidon !

Lumina ne savait comment remercier ce peuple si gentil pour elle. Elle s'approcha du bûcher. Aussitôt les chamans commencèrent une complainte de deuil. La jeune fille n'était pas au courant des rites de mort dans la vallée des Mirmidons, mais elle s'aperçut bien vite qu'ils n'étaient guère éloignés de ceux qu'elle connaissait.

À un moment, Fodor lui tendit une torche enflammée. Elle eut un mouvement de recul devant la lumière des flammes. Et si son pouvoir se manifestait là, devant ses nouveaux amis ? En seraient-ils effrayés ? La chasseraient-ils, comme une sorcière ?

Fodor fronça les sourcils devant ses doutes et insista, tendant la torche avec détermination. Lumina la prit alors d'une main hésitante.

Mais rien ne se passa. Les flammes restèrent normales. Lumina ne put s'empêcher de soupirer de soulagement.

Tout en s'approchant de la noble Ty'Yu, elle se remémora la cérémonie d'adieu pour son père. La tristesse la submergea. Elle n'avait fait que jeter la torche sur le bois pour faire brûler le corps et elle n'avait pu assister à sa crémation. Rankor avait dû jeter les cendres de Krilen au fleuve comme le demandaient les rites sacrés. À moins que ce ne soit la Mère Arcanie… La haine envers ces monstres qui lui avaient pris les deux êtres les plus chers à son cœur ne fit que s'amplifier. En disant un ultime adieu à Ty'Yu, elle jura de venger la mort de ses parents. Puis elle jeta la torche.

Dans quelques heures, il ne resterait rien de la belle Licorne.

Lumina regarda la fumée blanche monter haut dans le ciel. Soudain, à travers les nuées, il lui sembla apercevoir la silhouette de Ty'Yu, montée par son père qui lui faisait signe.

Les yeux pleins de larmes, Lumina ne put s'empêcher de sourire à cette vision. Était-ce un quelconque sortilège ou le fruit de son imagination ? Qu'importe, l'essentiel était que ces deux-là soient désormais réunis pour toujours.

9. L'apprentissage des armes

Les jours coulaient heureux au royaume des Mirmidons. Lumina y avait trouvé de vrais amis. Elle se sentait loin des intrigues du Palais, loin de Rankor et des Nécromantes. Cependant sa détermination restait pleine et entière. Un jour ou l'autre, elle devrait traverser cette muraille infranchissable qui entourait la vallée secrète et partir à la reconquête de son royaume afin de rétablir la paix et la vérité.

Elle n'avait jamais caché ses intentions au Conseil du village, mais celui-ci ne lui avait fait que des réponses évasives et lui avait demandé d'être patiente.

Conscientе que, sans l'aide du petit peuple, jamais elle ne pourrait franchir la montagne, elle était bien obligée de prendre son mal en patience. Mais elle ne s'ennuyait pas pour autant. Fodor et Ninyo étaient devenus ses grands amis et ils ne la quittaient pas d'une semelle.

— Si tu veux retrouver ton royaume, il va te falloir batailler ferme, aussi je vais t'enseigner le maniement des armes nobles : le coutelas, l'épée…, avait déclaré un beau jour Fodor.

— À moi ? Mais aucune femme n'a jamais combattu par le fer dans les Provinces des Mille Collines ! Je sais manier la fronde ou le fouet mieux que quiconque, mais pas les armes avec des lames.

— Raison de plus. Si tu veux le pouvoir, il faut montrer ta force.

— Je ne désire pas le pouvoir pour le pouvoir. Je veux voir mon peuple heureux et je sais qu'actuellement il souffre.

— Il souffre sous le fer de ton ennemi, gronda le Mirmidon. Il faut répondre au fer par le fer.

Lumina regarda Fodor droit dans les yeux et déclara :

— Tu as raison. Je suis d'accord pour que tu m'apprennes la science des armes.

Ninyo battit des mains.

— Sage décision, Princesse. Fodor est un peu

lourdaud, mais il faut reconnaître qu'il excelle dans le maniement de l'épée.

Il avait à peine fini sa phrase qu'il dut se baisser en catastrophe pour éviter le coup de bâton que Fodor destinait à sa tête.

— Quoiqu'un peu lent ! compléta le garçon par bravade, avant de s'enfuir pour ne pas se retrouver avec une flèche dans le derrière.

À partir de ce jour, chaque matin, Lumina transpirait en apprenant les techniques de combat des différentes armes.

Elle excellait au tir à l'arc. Elle avait tant rêvé d'apprendre autrefois. Mais son père disait toujours :

— Ma fille ? Utiliser des flèches à pointes d'acier ? Jamais !

Krilen n'était plus là pour interdire. Pourtant s'il l'avait vue, il aurait été fier d'elle. Sa précision faisait l'admiration des hommes du village. Seuls les plus doués arrivaient à la concurrencer. Lorsqu'il y avait un concours, Lumina faisait toujours partie des meilleurs et gagnait souvent.

— Elle est trop grande ! grommelaient les mauvais perdants.

— Elle est très douée, admettaient les bons joueurs.

Ce matin-là, la Princesse maniait l'épée, arme plus difficile à maîtriser car il fallait être au contact de l'ennemi.

— Allez, bouge un peu. Tu es trop statique ! s'écria Fodor. Feinte ! Essaie de surprendre ton adversaire, surtout s'il est plus grand que toi.

— Ce qui n'est pas le cas présent, fit d'une voix moqueuse Ninyo, assis sur un banc de pierre.

Vêtu d'un justaucorps blanc, il était en train de sculpter un bâton.

Le sifflement de l'épée de Fodor le frôla de si près que le Métamorphe, surpris, tomba à la renverse. ZWIIING ! Le bruit étrange résonna.

Ninya dans une jolie robe rouge maculée de poussière se releva les yeux pleins de colère.

— Espèce de grosse brute, tu aurais pu me tuer ! dit la jeune fille en secouant ses dentelles.

— C'est la peur qui te fait te transformer en donzelle ? fit Fodor en éclatant de rire. En garde, jouvencelle !

Le Mirmidon donna une estocade.

— Mon bâton ! Tu as coupé en deux mon bâton ! s'indigna Ninya. J'ai passé des heures à le travailler.

— Ça t'apprendra à avoir la langue trop bien pendue.

ZWIIING ! Ninya en un éclair se transforma à

nouveau. Et, redevenue Ninyo, débarrassée de ses fanfreluches encombrantes, ramassa un bout du bâton pour se précipiter sur Fodor. Le Maître d'armes leva son épée, attendant la charge de l'écuyer.

— Ça suffit, vous deux! ordonna Lumina.

Soudain, des flammes jaillirent des mains de la Princesse. Deux éclairs horizontaux frappèrent simultanément l'épée et le bâton. L'épée devint brûlante et le bâton s'enflamma. Fodor et Ninyo les lâchèrent en criant. Stupéfaits, ils regardaient Lumina en silence, incrédules. La jeune fille était d'une pâleur mortelle. Elle balbutia :

— Excusez-moi... Je ne voulais pas... Je n'avais pas l'intention de vous blesser...

— Par tous les elfes boiteux! s'écria Fodor. Mais comment fais-tu ça?

— Une magicienne..., murmura Ninyo, tu es une magicienne et tu ne nous as rien dit!

On sentait une immense tristesse dans la voix du petit Métamorphe.

— Non, Ninyo, non..., gémit Lumina, des sanglots dans la voix. Je ne sais pas ce qui m'arrive depuis un certain temps. C'est comme... C'est comme si tout ce que ma mère m'a appris ressortait en vrac, sans contrôle...

— Ta mère? répéta Fodor. Tu veux dire que la Reine Caari était une magicienne?

— Ma mère était... une Nécromante, avoua Lumina d'une voix sourde.

— Seigneur! s'exclama Fodor, atterré.

Ninyo fit un signe en toute hâte et se mit à marmonner des mots pour conjurer le mauvais sort. Puis, constatant l'immense peine qui envahissait Lumina, il s'approcha de son amie et posa une main légère sur le bras ganté de cuir qui tenait toujours l'épée.

— Si tu nous racontais tout, vraiment, Princesse? murmura le petit Métamorphe. Nous sommes tes amis. Nous savons garder les secrets. N'est-ce pas Fodor?

Le Mirmidon hocha la tête. Il vint prendre doucement l'épée de la main de Lumina et la força à s'asseoir sur une belle roche plate. Le soleil était haut dans le ciel. L'ombre d'un grand chêne les abrita tandis que Lumina essayait grâce à ses amis de mettre un peu d'ordre dans ses souvenirs d'enfant.

— Je ne sais pas grand-chose. Seulement que ma mère était une élève de Mère Arcanie, la supérieure de l'Ordre des Nécromantes. Quand elle a rencontré mon père et en est tombée amoureuse, elle s'est enfuie pour l'épouser. Je suis née et, lorsque j'ai eu cinq ans, Mère Arcanie est arrivée au Palais. Je la détestais. J'avais peur d'elle. Elle voulait m'apprendre la sorcellerie, disant que j'avais un pouvoir. Mais je ne voulais rien entendre, me réfugiant toujours auprès de ma mère. Alors c'est elle qui s'est chargée de m'éduquer. Elle m'avait prédestinée à dompter la lumière avant ma naissance…

— Lumina… la lumière, murmura Fodor.

— *Ma Lumière*, disait-elle, continua la Princesse. Elle m'a appris des choses étranges mais lorsqu'elle a senti qu'elle allait mourir, à la naissance de mon petit frère, elle m'a fait appeler et m'a dit :

« Lumina, je vais te faire oublier tout ce que je t'ai appris. Tu n'es pas encore capable de maîtriser ton pouvoir et je ne veux pas qu'Arcanie l'utilise à des fins mauvaises. »

Ensuite, je ne me souviens plus de rien. Sinon que je n'avais plus de pouvoir, jusqu'aux obsèques de mon père, dans la grotte avec Ty'Yu et aujourd'hui avec vous deux. Je… j'ai… peur, balbutia la jeune fille, car je ne peux pas le contrôler.

Elle passa sous silence le fait que ses pouvoirs étaient revenus par la pression que la Mère-Sorcière exerçait sur son esprit. Elle était terrorisée à l'idée qu'un jour son pouvoir se mette au service du Mal.

— Si on reprenait notre entraînement à l'épée ? dit soudain Fodor avec jovialité. Hein, qu'en dis-tu, fillette ?

ZWIIING !

— Est-ce à moi que tu parles, beau Chevalier Rouquin ? dit la voix de Ninya dans un tourbillon de dentelles bleues cette fois.

Lumina sourit. Quelle chance elle avait d'avoir trouvé de pareils amis !

Avec eux, rien ne semblait impossible. Et les fantômes du passé rentraient dans leurs tanières.

10. Une monture de rêve

— Allez, mets-y plus de conviction que diable ! On dirait que tu te bats avec un balai !

C'était l'heure de l'entraînement pour Lumina. Le temps avait passé. Ni Fodor ni Ninyo n'avaient reparlé de l'incident des flammes avec la jeune fille. Le Maître d'armes et le Métamorphe avaient gardé pour eux ses confidences. Elle savait qu'elle pouvait compter sur eux si elle avait de nouveau besoin d'ouvrir son cœur. Mais le pouvoir semblait endormi à nouveau et la paix était revenue dans l'esprit de la Princesse.

— Charge, fillette, charge !

Un éclair traversa les yeux de la jeune fille. Elle bondit en avant, l'épée bien haute. Sans souffler, elle l'abattit à droite, à gauche, à droite, en donnant toute la force que son bras pouvait fournir. Les lames s'entrechoquèrent, provoquant par instant des étincelles. Fodor reculait à chaque assaut, pourtant le sourire vissé sur ses lèvres ne le quittait pas. Il laissa Lumina se fatiguer, puis il contre-attaqua avec la même violence. Lumina recula aussitôt. En catastrophe, elle parait les coups, mais elle ne put les contenir bien longtemps. Un coup plus appuyé fit voler son épée et elle trébucha. La pointe de l'épée de Fodor vint se placer juste sous sa gorge pour mieux lui signifier l'issue du combat.

— C'est mieux, dit tranquillement le Maître d'armes. Mais tu dois doser ton effort. Cela viendra avec l'entraînement.

Ninyo se précipita pour l'aider à la relever.

— Cette brute ne t'a pas fait de mal, au moins ?

— Ça va... Fodor a raison, je suis loin d'être prête à affronter mes ennemis. Mais le jour viendra.

Soudain un son lointain de cor résonna dans la vallée des Mirmidons.

— Que se passe-t-il ? demanda la jeune fille à Fodor.

— Un tigrailé sème de nouveau la terreur

dans les troupeaux des autres villages, plus loin dans la vallée. Il a déjà dévoré de nombreuses bêtes et tué deux bergers. Ce signal nous prévient de son approche. Nous devons monter une expédition afin de l'éliminer au plus vite.

— Je veux en faire partie, déclara Lumina avec force. Je ne connais pas encore toute la vallée et je suis allée à la chasse aux dragors avec mon père.

Fodor se mélangea à la foule et alla parler avec les chefs du village. Quelques minutes plus tard, il revint avec un sourire rayonnant.

— C'est d'accord et je t'accompagne.

Une vingtaine d'hommes, parmi les plus aguerris, formèrent la troupe qui partait en campagne pour traquer le tigrailé. Chacun était monté sur une solide monture. Lumina était en selle sur le plus haut poney du village. Vu sa grandeur, ses jambes rasaient le sol, mais le cheval supportait sans peine son poids. « Bien moins lourd que Fodor », avait lancé Ninyo, toujours gentil avec le Maître d'armes. Il était surtout très vexé de ne pouvoir les accompagner dans la montagne.

Le premier soir, au coucher du soleil, ils atteignirent le village nommé Esio, moins grand que Dabrô où Lumina avait été recueillie. Comme les nouvelles se répandent très vite au royaume des Mirmidons, la jeune fille fut l'attraction de la soirée. Tout le monde voulut la voir et lui parler. Elle dut raconter une nouvelle fois son histoire devant un immense feu de veillée, rassemblant la population. Le reste de la soirée fut consacré à la tactique à adopter pour pourchasser le fauve. Impossible d'envisager une battue qui risquerait d'alerter le tigrailé, lequel s'envolerait et deviendrait du coup encore plus menaçant pour les chasseurs s'il lui prenait l'envie de s'abattre sur eux.

— Les tigrailés vivent-ils dans cette vallée? interrogea Lumina.

— Non, lui répondit un chasseur. Par-delà les montagnes du Sud, s'étend une vaste contrée encore vierge recouverte d'une jungle. C'est là le territoire habituel des tigrailés. Mais il arrive que certains parviennent à franchir les montagnes et sèment la terreur. Aussi nous devons les tuer, mais la chose n'est pas facile car c'est un animal féroce et il arrive que de nombreux chasseurs périssent sous ses crocs ou ses puissantes griffes.

— La meilleure méthode, poursuivit un autre chasseur, est de trouver sa tanière et de le surprendre.

Le lendemain, alors que les premières lueurs de l'aube zébraient de couleur orangée le ciel encore sombre, la troupe prit le chemin de la haute montagne. Le village d'Esio avait dépêché ses meilleurs pisteurs ainsi qu'une dizaine de guerriers. À mi-chemin, tous mirent pied à terre. Il était impossible pour les chevaux de suivre les chemins escarpés tracés par les chèvres. Ils continuèrent donc à pied. Lumina dut s'arrêter à plusieurs reprises pour reprendre son souffle. Mais le regard de Fodor lui donnait le courage de continuer.

Soudain un des pisteurs fit signe de s'arrêter. Pas de doute, la bête avait élu domicile dans une grotte, située au-dessus d'un énorme roc. En silence ils arrivèrent au pied du rocher. Des dizaines d'os à moitié rongés témoignaient de la présence de la bête. Il fallait maintenant grimper de chaque côté du rocher pour atteindre l'entrée de la grotte, jeter des torches à l'intérieur afin d'apeurer le tigrailé pour le transpercer à coups de javelots dès qu'il tenterait de fuir.

Lorsque Lumina et Fodor atteignirent le surplomb, devant l'entrée de la tanière du tigrailé, seuls cinq ou six hommes avaient suivi. Les autres seraient là dans quelques minutes. Mais ils n'en n'eurent pas le temps. Un terrible grondement se fit entendre ! Aussitôt après, une masse sombre sortit de la pénombre de la grotte à une vitesse incroyable. D'un coup de patte le tigrailé balaya deux hommes qui basculèrent dans le vide en hurlant. Le courageux Fodor n'hésita pas une seconde. Il lança de toutes ses forces un court javelot qui pénétra profondément dans le flanc de l'énorme bête, juste en dessous de ses ailes repliées. L'animal rugit de douleur et se retourna dans leur direction. Ivre de colère et de douleur, les babines retroussées laissant apparaître des crocs impressionnants, le tigrailé s'apprêtait à bondir sur le Maître d'armes. Il s'élança… pour retomber mort aux pieds de Fodor qui ne bougeait plus d'un pouce. Lumina venait de tirer une flèche qui avait transpercé l'animal en plein cœur. Mort sur le coup ! La pointe devait en être chauffée à blanc car la fourrure fumait et un large trou noir ouvrait la poitrine de la bête.

Lumina resta un long moment à comprendre ce qui venait de se passer. Elle avait agi par réflexe en voyant son ami en péril. Elle avait pensé qu'une flèche de lumière serait plus efficace contre le fauve. Pour une fois, son pouvoir lui avait obéi. Ce fut lorsqu'elle se sentit soulevée et portée en triomphe sur les épaules des Mirmidons qu'elle réalisa la prouesse qu'elle avait accomplie.

— Vive Lumina! Vive Lumina!

Plus tard, quand l'enthousiasme retomba, les villageois voulurent ramener le tigrailé jusque dans la vallée afin que tous puissent le contempler. La bête était énorme, pas loin de trois mètres de long. Son pelage était magnifique, presque roux avec des zébrures noires. Ses ailes fascinaient Lumina. Déployées, elles mesuraient plus de cinq mètres d'envergure... et elles étaient transparentes! Il paraissait impossible que des membranes aussi fragiles puissent soutenir une masse aussi importante.

— C'est une femelle! s'écria soudain un Mirmidon.

— Ma foi, c'est pourtant vrai, fit Fodor. Il y a peut-être des petits à l'intérieur de la grotte.

— Tuons-les! fit un villageois.

Les autres approuvèrent. Prudemment, Lumina et les Mirmidons explorèrent, avec plusieurs torches enflammées, la grotte habitée par la tigrailée. Ils ne mirent que quelques instants à découvrir un bébé tigrailé qui essayait de se cacher derrière un petit rocher. À la lueur des torches il se mit à siffler et à montrer ses jeunes dents, mais ses yeux trahissaient la peur qui l'habitait.

Un des chasseurs leva son épée pour tuer l'animal.

— Non ! s'écria Lumina. Je veux le garder.

— Tu es folle, lui dit Fodor. C'est une bête sauvage qui va devenir incontrôlable d'ici quelques mois.

— Ne vous inquiétez pas, je m'en occuperai.

Sans hésiter, elle s'approcha du petit animal, déjà gros comme un beau chien et le prit dans ses bras. Le bébé tigrailé se laissa faire. Lumina se retourna et, tout sourire, fit face aux chasseurs. Devant l'exploit qu'elle avait réussi peu de temps auparavant, ils n'osèrent pas s'opposer à son désir.

Après tout, un tigrailé pouvait bien être le compagnon d'une Princesse…

Plusieurs heures plus tard, la troupe fit une entrée triomphale dans le village d'Esio. Un grand brancard tiré par plusieurs chevaux portait la dépouille de la tigrailée, tandis que Lumina, sur son grand poney, tenait toujours dans ses bras son petit trophée vivant.

Sur son passage, les gens invoquaient les Dieux Tout-Puissants tellement la scène les surprenait.

Décidément, Lumina n'était pas comme les autres.

***

— U'Rias ! Où es-tu, mon petit bébé ? appela Lumina.

Un feulement lui répondit aussitôt. Le tigrailé sortit de derrière la maison. « Son petit bébé », comme elle disait, atteignait désormais la taille d'un poney. Il ronronna de plaisir lorsqu'elle lui caressa le cou.

Sa taille inquiétait les gens du village qui craignaient pour la vie de leurs enfants. Mais U'Rias n'avait jamais manifesté le moindre mouvement d'agressivité, même lorsque certains chenapans s'accrochaient à sa queue pour se laisser tirer par terre.

U'Rias était totalement dévoué à Lumina et la considérait comme sa nouvelle mère. Mère qui avait un peu de mal à lui trouver de la nourriture. Il lui fallait du lait et aussi de la viande. Finalement, le Conseil du village avait accepté de sacrifier des chèvres pour le nourrir. Il était vrai que sa présence éloignait les autres prédateurs qui, d'ordinaire, faisaient des ravages parmi le bétail.

Lumina l'emmenait souvent à la chasse et, grâce à son flair, U'Rias débusquait des sangliers que la jeune fille tuait avec des flèches. Cela faisait un complément de nourriture pour le village et le tigrailé.

Ce matin-là, ils partirent dans la montagne en compagnie de Ninyo qui, comme à son habitude, montait sur le dos d'U'Rias. L'animal se laissait faire. Bien souvent il le débarbouillait d'un coup de langue râpeuse au grand dam du petit Métamorphe qui n'aimait guère faire sa toilette ainsi.

Soudain, non loin d'eux, deux énormes cerfs détalèrent derrière un gros rocher. U'Rias réagit aussitôt et se lança à leurs trousses. Ninyo se cramponna comme il put à la fourrure de son ami. Lumina éperonna les flancs de son poney qui entra aussitôt dans la course poursuite. Mais les cervidés gagnaient du terrain, distançant leurs poursuivants. Tout à coup, U'Rias fit une chose qu'il n'avait encore jamais osé faire. Il déploya ses ailes qui battirent de plus en plus vite, puis il s'élança dans les airs. Ninyo ne put s'empêcher de crier de peur. Surpris par son exploit, U'Rias oublia les deux cerfs et se mit à voler, à tourner en rond, à se laisser porter par les courants ascendants.

L'atterrissage fut un peu périlleux et envoya Ninyo bouler plusieurs mètres dans l'herbe. Lumina se précipita et embrassa le tigrailé.

— Tu voles ! Ça y est, tu voles ! C'est formidable !

— Il a encore des progrès à faire, déclara Ninyo en époussetant ses vêtements. Mais j'avoue que tu as trouvé là une monture de rêve. Vive la Princesse Lumina et son fidèle U'Rias ! s'écria l'écuyer dans une cabriole.

11. La lumière maîtrisée

Lorsque Lumina et Ninyo revinrent au village, heureux du premier vol d'U'Rias, les deux amis sentirent tout de suite que quelque chose n'allait pas. Les regards des villageois qu'ils rencontraient étaient fuyants et fermés. Arrivés à la grande place, ils aperçurent un attroupement. Les gens se turent en les voyant arriver.

— C'est à cause d'elle si le malheur nous frappe, s'écria une vieille femme. Elle n'a rien à faire ici. Qu'elle parte, elle et sa satanée bestiole !

— Calme-toi, vieille folle, lui cria Fodor qui vint à leur rencontre.

— Que se passe-t-il ? demanda Lumina, inquiète.

— Deux enfants se sont réveillés aveugles ce matin. Mais beaucoup pensent qu'il pourrait être question d'un sortilège envoyé par les Dieux pour nous punir de t'avoir accueillie.

— C'est absurde !

— Je le sais bien, mais les vieilles croyances reprennent vite le dessus dès que le malheur voit le jour.

Le Maître d'armes entraîna Lumina vers sa maison. Ninyo suivit après avoir rentré U'Rias dans ce qui lui servait d'écurie.

— Les chamans sont impuissants face à ce mal, déclara Fodor. Les Anciens du Conseil sont prêts à écouter ceux qui veulent te chasser. Aussi, avant que la situation ne dégénère, je te demande de bien vouloir user de ton pouvoir pour guérir ces enfants. Tu nous as confié que ta mère t'avait enseigné la magie, qu'elle te destinait à maîtriser la lumière.

— Non, non..., s'écria Lumina d'un air désespéré. Je ne sais plus rien ! Je vous l'ai dit, à la mort de ma mère, mes pouvoirs ont disparu. Je ne sais plus m'en servir, je ne me souviens de rien.

Fodor et Ninyo échangèrent un long regard. Ces deux-là avaient reparlé souvent de ce que leur avait confié leur amie.

— Lumina, le blocage que ta mère a fait dans

ton esprit n'était pas définitif. La preuve… Tu as dit que ton pouvoir s'était manifesté à trois ou quatre reprises depuis la mort de ton père, intervint Ninyo, bien plus grave et sérieux que ne l'avait jamais vu Lumina.

— Nous savons que tu peux surmonter cet obstacle. Je t'en prie, va aider ces enfants à retrouver la vue, supplia Fodor.

Devant ses amis qui la fixaient intensément, Lumina finit par bredouiller :

— Je veux bien essayer, mais je ne promets rien.

Cinq minutes plus tard, elle se retrouva au chevet d'Yvier, un des enfants malades. Elle demanda que tout le monde sorte à l'exception de sa mère. Approchant ses mains tremblantes du front du petit aveugle, elle ferma les yeux et se concentra de toutes ses forces. Elle essaya de puiser au fond d'elle-même, d'aller rechercher ce savoir qui était si profondément enfoui qu'elle l'avait oublié.

Rien ! Absolument rien !

Elle rouvrit les yeux, de grosses larmes coulaient le long de son visage. Elle regarda la mère de l'enfant qui la fixait d'un air suppliant.

— Je suis désolée mais je n'y arrive pas, lui dit Lumina les lèvres tremblantes.

— Lumina, je sais que tu peux m'aider à guérir, fit une petite voix d'enfant, Fodor l'a dit. Je veux voir la vallée en volant sur le dos de ton tigrailé.

La jeune fille retint un sanglot. Elle prit les mains d'Yvier qu'elle serra fort dans les siennes. Elle ferma de nouveau les yeux et, au lieu de se concentrer, elle se laissa guider par son cœur. Elle sentit tout à coup une chaleur qui naissait au milieu de son corps et qui montait peu à peu vers son esprit.

Soudain elle ouvrit les yeux. La mère de l'enfant eut un recul, effrayée par ce qu'elle voyait. À la place des yeux de Lumina, il y avait désormais deux boules incandescentes. La Princesse ouvrit la bouche. De la lumière en sortit ! Puis deux faisceaux d'une lumière éclatante vinrent illuminer le visage du petit malade qui ne bougeait plus. Le phénomène ne dura que quelques fractions de secondes puis les deux lueurs s'éteignirent aussi brusquement qu'elles étaient apparues.

Lumina revint à la réalité comme on sort d'un rêve. Elle regarda Yvier qui la regardait en souriant.

— Je te vois, lui dit-il doucement.

Lumina, les yeux pleins de larmes, le serra

très fort contre sa poitrine. La mère de l'enfant pleurait également. Lumina venait de prendre conscience qu'elle parvenait enfin à contrôler l'énorme pouvoir qui était en elle. Elle devait simplement se laisser guider par l'amour, la paix, la confiance en elle.

Elle détestait la Mère-Sorcière qui avait fait resurgir de son inconscient ce pouvoir sur la lumière. Mais, en même temps, c'était grâce à la sorcellerie que cet enfant avait recouvré la vue. Pour la première fois de sa jeune vie, Lumina accepta enfin ses origines. Oui, elle était fille d'une Nécromante. Mais pas n'importe laquelle : Caari la belle, Caari la Reine, celle qui avait osé braver l'ordre des Dames Noires en refusant de mettre ses pouvoirs au service du mal.

« Merci Maman, pensa-t-elle. Je serai digne de toi. »

Elle poussa un gros soupir, comme une libération de tout ce qui l'oppressait.

— Lumina, tu m'étouffes, dit Yvier.

À travers ses larmes, Lumina ne put s'empêcher d'éclater de rire. Elle serrait toujours l'enfant contre elle comme une poupée.

Elle le rendit à sa mère après un dernier baiser.

Vite ! Elle devait aller soigner l'autre enfant.

12. Des nouvelles alarmantes

Dans les jours qui suivirent, Lumina s'absenta souvent du village de Dabrô. Elle partait seule en direction de la montagne ceinturant la vallée secrète, chevauchant U'Rias qui l'emportait dans les airs comme un fétu de paille. Dans des recoins isolés, le cœur battant, la jeune fille s'essayait à maîtriser son pouvoir. Elle mit d'abord deux ou trois fois le feu à la lande alors qu'elle cherchait seulement à capter les rayons solaires dans ses mains. Ensuite, elle faillit se faire attaquer par un ours en éclairant d'un coup la grotte où il dormait puis elle stupéfia un renardeau qui ne comprit jamais comment sa fourrure avait pu devenir lumineuse en deux secondes… Enfin, après des heures de patient travail, sous les yeux étonnés du tigrailé, elle parvint à se remémorer tout ce que sa mère lui avait appris et à en faire bon usage. Alors seulement, elle redescendit vers le village.

Depuis qu'elle avait réussi à soigner Yvier et son ami Tungy, elle était portée aux nues par tous les Mirmidons de Dabrô et des environs. Chacun dans la vallée connaissait désormais son pouvoir et partout on l'accueillait comme une amie. Maintenant qu'elle contrôlait tous les aspects de sa puissance sur la lumière, elle se sentait plus digne du respect de ses petits amis.

Elle arriva sur la place du village où brûlait un grand feu de camp. Elle vit une silhouette qu'elle ne connaissait pas auprès de Fodor face au Conseil des Anciens au grand complet.

— Nous t'attendions, Princesse, dit le vieux Barbe-Neige. Voici Fouriey, un de nos rares amis à vivre en dehors de la vallée. Il vit à la Cour d'un des Seigneurs de ton royaume, le Seigneur Genssion au château…

— … d'Egrène, acheva la Princesse. Comment va-t-il ? demanda-t-elle au petit homme en se penchant vers lui avec avidité. Et sa fille, mon amie Ivline ? Nous jouions ensemble à chaque fois qu'il venait au Palais rencontrer Krilen mon père et ses conseillers pour des affaires commerciales. Le château d'Egrène est au carrefour des marchés entre les Royaumes du Nord et les Mille Collines.

— Hélas ! ma Dame, fit le petit homme en s'inclinant devant Lumina, le Seigneur Genssion est si affaibli qu'il ne peut plus quitter la chambre.

— Comment, Genssion malade ? Mais il semblait en pleine forme aux obsèques de mon père.

— Pour sûr, Princesse, il allait bien alors. Mais le retour à Egrène n'a pas été facile. Une escorte des légionnaires de ce tyran de Rankor nous a accompagnés ainsi qu'une de ces hyènes Nécromantes. Firda qu'elle s'appelle ! Une horreur noire qui déambule maintenant dans tous les couloirs de notre château. Elle a mis la main sur Damoiselle Ivline qui ne quitte plus son antre où bouillonnent je ne sais combien de philtres et de poisons maudits. Certains chuchotent que c'est sa fille elle-même qui, sous l'influence de cette maudite Dame Noire, rend malade notre bon Seigneur Genssion.

Lumina porta sa main à sa bouche pour étouffer un cri de rage.

— Et il n'y a pas qu'à Egrène que ça se passe comme ça, ma Princesse, tous vos vassaux sont dans le même cas. Partout, dans chaque fief il y a une Nécromante qui régente tout, une âme damnée de je ne sais quelle puissance….

« Arcanie, pensa Lumina. Tu n'as pas perdu de temps, vile Sorcière, pour placer tes pions aux quatre coins de mon royaume ! »

Mais le Mirmidon Fouriey continuait :

— … tyran de Rankor. Il fait exécuter en place publique tous ceux qui se rebellent. Ses légionnaires sont des fous sanguinaires qui n'ont ni foi ni loi. Il n'y a plus d'échanges, plus de commerce, plus rien entre les Mille Collines et les autres royaumes. C'est la Nuit, Damoiselle, murmura le petit homme en prenant les mains de Lumina dans les siennes.

Il leva ses yeux pleins de larmes en direction de la Princesse.

— C'est ainsi que votre peuple parle de ce temps maudit survenu depuis la mort du roi Krilen et depuis votre disparition : c'est la Nuit des Mille Collines.

***

— Je dois y aller !

Lumina tournait en rond sur le sol en terre battue de la maison commune du village. En face d'elle, le Conseil des Anciens. Dans son dos, Fodor. Derrière le rideau d'une fenêtre, accroché tel un papillon pour qu'on ne le voie pas : Ninyo.

Tous trois attendaient la décision du Conseil. Lumina avait demandé officiellement à quitter la vallée pour partir à la reconquête de son royaume.

— Que veux-tu faire seule ? tonna Barbe-Neige. Tu as entendu ce qu'a raconté Fouriey l'autre soir : il y a partout des légionnaires et des Nécromantes. Tu vas te faire tuer.

— Mieux vaut mourir dans l'action que dépérir dans la honte de ne rien faire, rugit la Princesse. Et puis Fodor m'a appris à me battre et j'ai U'Rias avec moi.

Un petit doigt rageur cogna contre la vitre. Ninyo se rappelait au bon souvenir de Lumina. Mais elle ne dit rien. Elle n'avait pas l'intention d'emmener avec elle le petit Métamorphe. Son avenir était si incertain qu'elle ne voulait pas mettre en péril la vie de son ami-amie si étrange.

— Et si nous ne te donnons pas la solution pour sortir de la vallée, dit soudain l'un des sages, que feras-tu ?

— Je ne souhaite pas en arriver là, mais si

vous m'y obligez, j'ai plusieurs solutions. Je peux m'envoler avec U'Rias.

— Balivernes ! s'écria le Mirmidon.

— Les tigrailés volent bien pour venir dans la vallée, non ? Je n'ai pas sauvé mon bébé tigrailé en pensant à la fuite sur le coup, mais j'avoue y avoir réfléchi… après.

— Quoi d'autre encore ?

— Je peux vous faire attaquer par le tigrailé… ou je peux… vous supprimer la lumière…

À ces mots un vent de panique fit frissonner l'assemblée des Mirmidons. La Princesse tendait ses deux poings fermés en direction du plafond de la salle du Conseil. Des cris retentirent soudain en provenance de la rue. La porte s'ouvrit à toute volée.

— Le soleil ! Le soleil, hurlait une petite femme toute pâle, il vient de mourir !

La nuit qui entrait par la porte ouverte n'avait rien de comparable avec tout ce que les Mirmidons connaissaient. C'était comme un mur de noirceur, un bloc sans étoiles, une chape du noir le plus absolu qui s'était d'un coup abattue sur Dabrô.

— Arrête ça ! cria Fodor en tremblant, tu n'as pas le droit d'utiliser ton pouvoir comme ça,

Lumina ! Est-ce le chantage que je t'ai appris ? Qu'as-tu retenu des leçons de ton passé ?

La jeune fille regarda son Maître d'armes et fut prise soudain d'un grand sentiment de honte. Voilà qu'elle se comportait comme ces Nécromantes qu'elle haïssait. Elle ferma les yeux, ouvrit la paume droite en direction de la porte et un flot de rayons plein de bénéfique chaleur entra à nouveau dans la salle.

Le Conseil poussa des soupirs de soulagement.

— Excusez-moi, dit-elle, mon désir de vengeance est tel qu'il me fait perdre toute mesure. Je me rangerai à votre décision. Si vous ne voulez pas que je quitte la vallée, je resterai ici à l'écart dans la montagne et je ne vous importunerai plus.

Elle s'inclina et sortit de la salle.

***

En fin de soirée Fodor pénétra dans la maison de Lumina et s'assit silencieusement devant la cheminée aux côtés de la jeune fille.

— Ils ont dit oui, dit-il au bout d'un long moment de silence, et m'ont chargé de t'accompagner jusqu'au passage. Mais j'ai refusé.

Lumina se tourna brusquement vers son ami. Il leva la main pour lui intimer le silence et poursuivit :

— Il y a quelque chose que tu dois apprendre sur moi, Lumina. J'ai une fille qui a le même âge que toi.

La Princesse ouvrit de grands yeux. Elle qui pensait tout savoir de son petit Maître d'armes !

— Elle s'appelle Nour-Ann. Sa mère est morte à sa naissance. C'était la plus jolie petite Mirmidonne de la vallée. Ma lumière à moi.

— C'était ? reprit la Princesse. Est-elle... morte elle aussi ?

— Non... peut-être... Enfin, qui sait ? Elle est partie. Elle a fait comme toi. Elle a demandé officiellement au Conseil l'autorisation de quitter la vallée et j'ai tout fait pour que le Conseil refuse. Le Conseil a refusé. Elle est entrée dans une rage folle. Elle voulait aller voir le monde, disait-elle, et personne ne l'empêcherait, ni moi, ni les autres. Une jolie fille obtient toujours ce qu'elle veut. Quelqu'un lui a montré le passage. Elle est partie. Je ne l'ai jamais revue. Personne n'a pu me donner de nouvelles. Tous ceux qui vivent en dehors comme Fouriey se font passer pour des humains de petite taille : des Lilliputiens, différents des nains. Nous autres Mirmidons voulons rester une légende pour le monde. Or, aucune Lilliputienne ressemblant à ma Nour-Ann n'a jamais été vue nulle part. C'était il y a un an. Et puis je t'ai pêchée au bout de ma ligne. Tu étais comme un cadeau du ciel. Et voilà que tu pars toi aussi. Je ne t'accompagnerai pas au passage. Un autre le fera. Ce serait au-dessus de mes forces. Adieu, Princesse.

Le petit homme se pencha vers la main de Lumina qu'il prit pour y déposer un baiser léger.

— N'oublie jamais, dit-il, il y a des ennemis devant, derrière, à droite et à gauche mais le pire d'entre eux est en toi.

Sur ces paroles énigmatiques qui bouleversèrent Lumina au plus profond d'elle-même – Fodor voulait-il parler de son pouvoir ? –, elle se leva et, les larmes aux yeux, regarda sortir celui qui lui avait tant appris.

Un peu plus tard elle chercha Ninyo dans tout le village mais le Métamorphe était introuvable. Elle comprit que lui non plus n'appréciait pas son départ et la fuyait. Le cœur gros elle passa à l'écurie flatter l'encolure d'U'Rias.

— Demain, au-delà du passage, murmura-t-elle au tigrailé, il n'y aura que toi et moi.

13. Pour l'amour d'une Princesse

Le Mirmidon retira le bandeau des yeux de Lumina qui lâcha aussitôt l'encolure d'U'Rias. Tout le long du trajet, elle avait laissé sa main posée sur la fourrure soyeuse du tigrailé. D'un long regard elle embrassa le paysage devant elle. Elle reconnaissait l'étendue du plateau où elle avait vécu plusieurs jours avec Ty'Yu avant de trouver refuge dans la vallée secrète des Petits Hommes. Le souvenir de la grande Licorne lui serra le cœur. Un petit coup de museau frais sur sa main lui rappela la présence rassurante de son tigrailé. Allons, trêve de nostalgie ! Elle avait voulu rejoindre son royaume et elle avait réussi. Maintenant, une longue route l'attendait.

— Je te remercie de m'avoir guidée, dit-elle au passeur qui l'avait conduite dans le noir des grottes sous les pics des Hautes-Montagnes. Je te souhaite un bon retour à la vallée et transmets encore tous mes remerciements à Barbe-Neige, au Conseil et de bons baisers au petit Yvier et à sa mère.

Elle déglutit et ajouta d'une voix plus sourde :

— Dis à Fodor…

— Quoi, Princesse ? encouragea le Mirmidon devant le silence de Lumina.

— Non, rien, acheva-t-elle. Ils savent. Lui et Ninyo savent ce que je voudrais leur dire. Adieu.

Elle enfourcha le tigrailé et partit après un dernier signe au petit homme qui fit demi-tour et s'éloigna également.

Au premier village qu'elle aperçut, elle décida d'aller acheter un cheval. Elle avait avec elle, pour se mêler à son peuple, des vêtements de paysanne confectionnés par la mère d'Yvier. Il lui fallait une monture plus discrète que le noble U'Rias qui ne passerait pas inaperçu ! Elle le laissa donc dans un sous-bois, près d'une source où l'animal, repu après avoir chassé un beau sanglier, s'endormit à l'ombre. L'automne faisait rutiler les Mille Collines et la forêt éclatait de couleurs. Qu'il était loin le printemps à Swarvill où elle devait être couronnée ! Elle secoua la tête pour chasser les idées sombres. Il fallait passer à l'action.

Elle revint deux heures plus tard montée sur un bel alezan qu'elle avait échangé contre l'un des bijoux emportés le jour de sa fuite. Alors qu'elle approchait du sous-bois où était U'Rias, le cheval se mit à montrer des signes évidents de nervosité. L'animal sentait la présence du tigrailé et son instinct lui conseillait de fuir ce prédateur terrible.

— Doux, tout doux mon beau, répétait Lumina en tentant de garder son équilibre sur le cheval.

Mais il se cabra et désarçonna sa cavalière avant de prendre la fuite au galop. Un éclat de rire malicieux retentit dans les feuillages au-dessus de Lumina.

— Eh bien, Princesse, voilà une façon originale de commencer la reconquête de ton royaume : cul par-dessus tête !

— Ninyo ! s'exclama Lumina en se redressant d'un bond. Ninyo, où étais-tu ? Je t'ai cherché partout !

— Je ne suis jamais là où on me cherche, Lumina. N'as-tu pas compris cela depuis le temps qu'on se connaît ?

Le petit Métamorphe dégringola de l'arbre. Il était vêtu comme un lutin, d'un joli justaucorps et d'un chapeau de feutrine avec une grande plume. Ses bottillons de cuir brillaient dans le soleil.

Lumina se précipita pour le prendre dans ses bras et lui plaquer deux baisers sonores mouillés de larmes.

ZWIIING !

— Eh ! dit-il en pirouettant pour apparaître sous les traits mignons d'une fille rougissante dans sa tenue de cavalière, que d'émotion pour une simple donzelle comme moi ! Est-ce Ninya ou Ninyo que tu es contente de retrouver, Princesse ?

ZWIIING !

L'instant d'après il avait repris son apparence de lutin farceur.

— Qu'importe que tu sois Ninyo ou Ninya, dit Lumina, je croyais que je ne te reverrais plus, que tu étais fâché contre moi. Mais, comment as-tu franchi le passage ?

Lumina fronçait les sourcils d'un air moqueur. Ninyo haussa les épaules en soupirant.

— Les pauvres Mirmidons. Ils sont gentils mais tellement crédules. J'ai fait semblant d'avoir oublié où était le passage en arrivant il y a cinq ans. En vérité, j'ai perdu la mémoire de tout ce qui s'est passé avant. Mes premiers souvenirs remontent à ma sortie de ce fameux passage. Or, jusqu'à présent, je n'avais pas osé repartir vers le monde extérieur. Maintenant, j'ai une vraie bonne raison.

— Laquelle? osa timidement Lumina.

— Toi, pardi! répondit le Métamorphe en tapant du pied. Je suis ton écuyer, ne l'oublie jamais. Tu ne te débarrasseras pas de moi.

— Je n'y tiens pas, s'esclaffa Lumina. J'ai besoin de toi. Je ne pourrai pas maîtriser mon étalon alezan et le tigrailé en même temps!

— Je vais rattraper ton beau Vagabond! cria le Métamorphe en partant à toute allure rejoindre le cheval.

Lumina se mit à rire. L'étalon était baptisé.

***

La Princesse remettait un peu d'ordre dans ses vêtements poussiéreux après sa chute lorsqu'une voix retentit dans son dos.

— Je t'ai attendue longtemps, Damoiselle, mais ma patience est sans limite et je savais qu'un jour tu reviendrais par ici.

Lumina se retourna d'un bloc. Une Nécromante se tenait derrière elle. Elle voyait à peine le visage blafard sous le capuchon à demi rabattu. Mais elle distinguait très bien le rictus en guise de sourire qui fendait la face de la femme.

— Que me voulez-vous ? demanda-t-elle avec hargne. Et qui êtes-vous ?

— Je suis Arcanie..., répondit la femme.

— Vous n'êtes pas Arcanie, protesta Lumina, je connais Arcanie, vous n'avez pas son visage.

— Mais j'ai son âme. Je m'appelle Hirdan mais je suis Arcanie, nous sommes toutes Arcanie ; toi aussi tu es Arcanie, cherche bien en toi...

— Non ! hurla Lumina en reculant jusqu'à plaquer son dos contre le tronc d'un chêne. Allez-vous-en ! Je vous déteste, je ne veux rien avoir à faire avec vous !

Elle se pencha en direction de son sac qu'elle avait posé au pied de l'arbre. D'un geste prompt elle attrapa sa fronde et une pierre. Elle lança le caillou en direction de la silhouette noire. Le coup était bien ajusté. Lumina était toujours aussi forte au tir à la fronde qu'autrefois. Mais à sa grande stupeur la pierre traversa la silhouette pour aller se perdre quelques mètres plus loin dans l'herbe de la clairière. Lumina eut un mouvement de panique. Un fantôme! Cette femme n'était pas réelle. Où donc était celle qui lui envoyait cette image? La Princesse tenta de réfléchir tandis que l'autre partait d'un grand éclat de rire sinistre.

— Tu ne peux m'atteindre, petite fille, mais moi je le peux!

Elle tendit le bras et pointa un doigt vengeur en direction de Lumina. Une douleur atroce plia aussitôt la jeune fille en deux. C'était comme un coup de poignard qui lui aurait ouvert les entrailles. Haletante, brisée, les larmes jaillissant des yeux, elle tomba à genoux sur l'herbe, les paumes plaquées sur son estomac.

— Je te veux et je t'aurai!

La voix n'était plus celle de Hirdan qui devait être la Nécromante du château le plus proche. Arcanie parlait maintenant par la bouche de la Dame Noire.

— Pitié, gémit Lumina en se tordant de douleur. Je ferai ce que vous voudrez...

— Non! tonna une autre voix près de Lumina.

— Fodor! balbutia la jeune fille. Fodor, aide-moi!

Le Mirmidon était là, son épée à la main. Il bondit en direction de la silhouette noire mais son coup porta dans le vide. Dans son élan, il traversa la forme noire comme l'avait fait la pierre quelques instants auparavant. Il boula sur le sol et fut relevé par Ninyo qui venait de faire irruption dans la clairière tenant Vagabond par la bride.

— Tu t'entoures de moucherons, jouvencelle ? ricana la voix d'Arcanie dans la bouche d'Hirdan. Quelle belle équipe, un gamin et un nain !

Un rugissement terrible retentit alors. U'Rias venait de se réveiller. Il s'avança aux côtés de Lumina, déploya ses ailes comme s'il voulait envelopper et protéger sa jeune maîtresse. Il cracha soudain comme un félin géant en direction de la forme noire. À la grande surprise de Lumina, la silhouette vacilla sous le souffle terrible du tigrailé.

— Maudit monstre ! gronda la voix d'Arcanie.

Lumina sentit la douleur s'atténuer au creux de son corps. L'énergie malfaisante de la Mère-Sorcière vacillait face au puissant tigrailé. La Princesse profita de ce mince répit pour se reprendre. Elle se releva, chancelante.

Elle tendit les poings fermés vers la forme noire mais la voix de Fodor brisa son élan.

— Souviens-toi, criait le Mirmidon, l'ennemi est en toi !

Elle comprit d'un coup ce que voulait dire son Maître d'armes en prononçant cette phrase mystérieuse. Arcanie prenait possession d'elle par l'intérieur de son corps, il fallait la chasser par l'intérieur. Elle tourna ses poings en direction de sa propre poitrine et ferma les yeux. Un arc de lumière jaillit de ses deux poings fermés et pénétra son corps qui devint comme incandescent. Sous les yeux stupéfaits de Ninyo l'arc de lumière descendit d'un coup vers le sol et s'enfonça dans la terre comme une lame de feu. À l'autre bout de la clairière un hurlement répondit au cri de Lumina. La lumière venait de jaillir sous les pieds du fantôme d'Hirdan et soulevait la silhouette comme une plume. L'ombre noire tourbillonna un instant comme un voile noir embrasé. Puis ne retombèrent que quelques cendres sur le sol de la forêt.

Fodor poussa un cri de triomphe. Ninyo se précipita pour soutenir Lumina qui allait à nouveau tomber à genoux mais de joie cette fois.

Une voix immense tonna alors dans le ciel de la clairière.

— Tu gagnes la première manche, jouvencelle, tu as vaincu Hirdan mais le jour est loin où tu me vaincras, moi!

S'en suivit un rire sardonique qui s'estompa dans le bruit du vent.

— J'y arriverai, Arcanie! cria Lumina à son tour en levant le poing, un jour je te vaincrai!

La forêt retrouva petit à petit son calme. La jeune fille se tourna alors vers son Maître d'armes.

— Fodor, demanda-t-elle, pourquoi as-tu changé d'avis? Pourquoi es-tu venu me rejoindre?

Le Mirmidon s'approcha d'elle et lui tendit une chaude couverture ainsi qu'à Ninyo.

— À chaque jour sa vérité, dit le Mirmidon. Dormons. Nous parlerons demain.

Ils s'allongèrent à même la mousse du bois et s'endormirent épuisés sous le souffle chaud de l'étalon et du poney de la vallée. Le tigrailé veillait lui aussi à distance tout en jouant à aiguiser ses griffes.

***

L'humidité de l'aube réveilla Lumina. Fodor avait déjà fait un feu et une bouilloire sifflait sur les braises. Ninyo ouvrit les yeux. Des gobelets remplis de thé chaud furent accueillis avec joie.

— Tu voulais savoir pourquoi je suis venu, Princesse, dit Fodor. Peut-être parce que tu avais oublié ceci.

Le Maître d'armes sortit quelque chose de sa besace.

— La corne de Ty'Yu ! s'exclama Lumina.

Les Mirmidons l'avaient taillée, effilée et montée sur un manche en bronze. La pointe en ivoire de la licorne était devenue une arme redoutable.

Lumina remercia Fodor pour son cadeau et sa venue.

— Ce n'est pas pour toi pardi que je suis sorti de mon trou ! bougonna le Mirmidon. C'est pour moi !

Lumina baissa les yeux. Mais la main de son vieil ami vint relever son menton.

— Mais si, Princesse, bien sûr que c'est pour toi, pour t'accompagner dans ton long voyage. Cependant..., ajouta-t-il, si au cours de cette longue expédition je peux glaner des renseignements et apprendre ce qu'est devenue ma Nour-Ann, ma fille chérie...

Lumina fit un sourire encourageant et le Mirmidon raconta à Ninyo ce qu'il avait naguère confié à Lumina sur le départ et la disparition de son unique enfant.

— Et toi, Ninyo, tu m'as dis que j'étais une vraie bonne raison pour quitter la vallée, murmura Lumina. Y en avait-il une autre pour que tu te mettes en route ?

Le Métamorphe piqua du nez dans son gobelet.

— Je veux savoir qui m'a créé. Je veux savoir quel magicien fou ou génial a modifié mon corps pour que je devienne Métamorphe. Je veux savoir…

Sa voix devint vibrante de peine. Ni Lumina ni Fodor n'avaient jamais vu le petit être pris dans un tel tourbillon d'émotion.

— Je veux savoir, reprit-il, si j'ai… un père et une mère.

Seul le cri d'un oiseau répondit à la poignante demande du Métamorphe. Au bout d'un long moment de silence, Fodor éteignit le feu avec le reste du thé, se leva d'un coup et dit :

— Bien, si on y allait ? Les chemins ne sont pas larges mais ils sont longs à travers les royaumes de notre monde ! Quelle sera notre première étape ? demanda-t-il en se tournant vers la Princesse.

— Il me faut une épée, répondit la jeune fille en bondissant sur ses pieds.

— Voilà une destination qui n'est pas pour me déplaire, approuva le Maître d'armes.

Ils se mirent en marche tous trois dans le soleil levant, convaincus maintenant que chacun atteindrait une jour le but de sa quête. Fodor retrouverait-il celle qui avait disparu ? Ninyo apprendrait-il le secret de sa naissance et Lumina verrait-elle la chute de ses ennemis Rankor et Arcanie ?

La Princesse, montée sur son fidèle U'Rias, souriait. Les épreuves seraient longues et le combat difficile mais elle n'avait plus de doutes. Un jour elle parviendrait à reconquérir son royaume pour que cesse à jamais la Nuit des Mille Collines.

Table des matières

Dan Alpac

Derrière cette identité se cachent en réalité trois auteurs qui ont uni leurs forces créatrices pour mieux concevoir l'univers merveilleux et parfois cruel de *Lumina*.

Ils ont décidé de se fondre en une seule personnalité. Leur pseudonyme est la combinaison du début de chacun de leur prénom.

De **Dan**ielle, **Al**ain et **Pac**o est né Dan Alpac !

Danielle Martinigol est née au cœur des grands vignobles de Bourgogne où elle a commencé à enseigner en 1972. Nommée ensuite en région parisienne, elle y passera dix-huit ans avant de revenir s'installer dans le Beaujolais. Passionnée de science-fiction depuis l'adolescence, elle croit fermement à la vertu pédagogique de ce genre depuis toujours. Mariée et mère de deux grands enfants, c'est pour eux et pour ses élèves qu'elle publie depuis 1989 des romans sur les divers thèmes de l'écologie du futur. Elle pense que le rôle d'une écrivain de science-fiction est d'imaginer les bonnes questions sur l'avenir. Pour cela, elle aime rencontrer ses lecteurs afin de les convaincre que demain reste à construire.

En Castor Poche, elle a publié un roman avec Alain Grousset : *68, boulevard Saint-Michel*, n°644.

Elle a publié trois romans en solo chez Hachette

Jeunesse : *Les soleils de Bali*, *Les oubliés de Vulcain*, *L'or bleu*, et *L'enfant-mémoire* avec Alain Grousset.

Alain Grousset est né en 1956 à Guéret dans la Creuse qu'il quitta vite pour grandir et s'installer à côté d'Orléans. Père de deux enfants, il travaille à France Télécom et collectionne tout ce qui se rapporte à la science-fiction : livres, jouets, affiches, etc.

Critique à la revue *Lire* et dans plusieurs journaux régionaux, il sillonne la France à la rencontre de ses jeunes lecteurs auxquels il explique comment lui est venu le goût d'écrire des histoires du futur. Son premier roman, *La Citadelle du Vertige* (Livre de Poche Jeunesse Hachette), a obtenu en 1990 le grand prix du ministère de la Jeunesse et des Sports. Il a publié un autre roman en solo chez Hachette Jeunesse, *Les chasse-marées*. Il a également écrit *Les Brigades vertes* avec Paco Porter, paru dans la collection Tribal Flammarion.

Paco Porter : « Je suis né à Orléans, il y a un certain nombre d'années. Je ne m'attarderai pas sur des études écourtées... pourtant c'est à cette époque que j'ai contracté le virus de la lecture.

« Mais littérature et informatique – c'était mon métier – n'ont pas toujours fait bon ménage. Je profite donc du vent de liberté de mai 68 pour larguer les amarres. L'appel du large m'entraîne jusqu'en Nouvelle-Calédonie. Soleil radieux, plages de rêve, cocotiers comme dans les pub... mais pas de livres, ou si peu !

« Cette escale exotique se termine en 1974, date à laquelle je crée, à Orléans, une librairie spécialisée en BD, polar, SF.

« Il y a quelques temps, j'ai vendu ma librairie ; cependant le virus est toujours là. Mais il a muté et mon état s'est aggravé ; à la boulimie de lecture s'est ajoutée la fièvre de l'écriture. »

En Castor Poche, il a publié *Les captifs du temps*, n° 636.

Isabelle Dethan

L'illustratrice est née en 1967. Elle se passionne pour la lecture et le dessin depuis son enfance. Encouragée par des parents prudents à chercher sa voie professionnelle dans la littérature plutôt que dans le dessin, elle obtient successivement une maîtrise de lettres et un CAPES de documentation en 1992. La même année, elle présente pourtant une histoire courte en BD lors du concours Alph'Art Avenir au festival d'Angoulême, qu'elle gagne. Ce qui lui ouvre les portes des éditeurs. Depuis 1992, elle travaille aux éditions Delcourt où elle a publié sept albums de bande dessinée.Elle a travaillé par ailleurs pour Je Bouquine, pour les éditions Atlas, et a collaboré à des travaux de communication pour diverses sociétés.

Cet
ouvrage,
le sept cent
cinquante-troisième
de la collection
CASTOR POCHE,
a été achevé d'imprimer
sur les presses de l'imprimerie
Maury Eurolivres
Manchecourt - France
en juin 2006

Dépôt légal : mai 2000.
N° d'édition : 4687. Imprimé en France.
ISBN : 2-08-16-4687-0
ISSN : 0763-4544
Loi n° 49-956 du 16 juillet 1949
sur les publications destinées à la jeunesse

Lumina

Conception graphique de la couverture :
Alice Bertrand
Catchou

© 2000, Castor Poche Flammarion.